06
甜咖啡
圖・手刀葉
在座寫輕小說的各位，全都有病
U0013418

在座寫輕小說的各位，全都有病
6
目錄

第一話　一日間的幸福

無法理解。

完全無法理解。

我將身體呈大字狀靠著木質長椅，後腦順勢枕在椅背上。

仰望著蔚藍的天空，無數問號在思緒中飄過。

——之所以會如此困惑，完全是因為桓紫音老師突如其來的吩咐。

「零點一，理科教室內有一臺『轉轉遊樂園君』，那是晶星人的道具，可以製造出遊樂園，汝跟幻櫻去玩吧。對了，沒待滿兩天不准出來！」

「什麼？去遊樂園玩!?」

即使當下發出驚訝的叫聲，耳邊再次重複的命令也沒有絲毫改變。

明明剩下短短幾天就要與A高中再次交手，現在正是大戰前夕，每一分、每一秒都十分珍貴，為什麼桓紫音老師卻下達「去玩」這種不合理的命令呢？

但如同以往所認知的，桓紫音老師執行決策時十分霸道，一切抗議都無效，不久後我被趕到了理科教室。

「……」

理科教室裡，有一名少女。

更準確的形容，是一名正值高中生年紀的美少女。

無瑕的銀色長髮，幾乎只有在雜誌上才能看見的可愛長相，以蘿莉來形容絕對不誇張的嬌小身段——我名義上的師父，幻櫻。

——而幻櫻看見踏進教室的來客，像西部牛仔那樣，對我比出手槍的手勢。

「弟子一號，你好大的膽子，竟然敢遲到！死刑！砰砰！」

「……呃？」

「你呃什麼呀！真的被人家打中了嗎？」

「……」

幻櫻沒有因為我遲到而生氣，反而笑得很開心。

但是，她說話的方式與語氣，讓我產生強烈的違和感。

還來不及探究違和感的根源，幻櫻就拉著我的手臂，走到理科教室正中央。

那裡，有一張白色的實驗桌。

實驗桌上放置著一個尺寸迷你、不斷發出藍光的遊樂園模型。

「……？」

這就是桓紫音老師所說的晶星人道具「轉轉遊樂園君」？

「太小了吧！這要人怎麼進去玩啊!!」我搔了搔臉頰，忍不住吐槽。

「你別急。我看看，原來如此……伸出手指觸摸遊樂園的入口，玩家的身體會縮小，就可以順利進入『轉轉遊樂園君』當中。」

幻櫻手上捏著一張像是道具說明書的紙片，朗讀出上面的文字。

身體可以縮小啊……這東西居然這麼方便嗎？

好吧，對於晶星人的科技力，其實我早就見怪不怪了。

幻櫻露出躍躍欲試的表情，似乎充滿了遊玩的鬥志。

「好！那我們走吧!!Go、Go、Go!!」

「……」

看見她興高采烈的表情，會使人誕生無法拒絕的軟弱想法。

……當然，這種軟弱並非通俗認知上的「弱點」，而是出於同伴關係的人情壓力。

所以絕對——絕對不是因為幻櫻過人的美貌，我柳天雲才無法回絕，其他怪人社的成員若是以相同的方式開口，我肯定也會答應。

「……」

於是，胡思亂想的我，與幻櫻一起進入「轉轉遊樂園君」當中。

「轉轉遊樂園君」裡是炎熱的夏天，空氣被太陽烤到有點扭曲，劇烈的蟬鳴在四

處迴盪。

身體縮小之後，本來以為抬頭會看到理科教室的天花板，落入視線中的卻是蔚藍的天空、熾熱的太陽，還有零零散散的雲朵。

因為這裡太熱了，所以幻櫻先去買飲料。

在等待期間，我枕在椅背上，望著天空整理思緒。

然而，思考過後，我依舊想不通桓紫音老師讓我們來遊樂園玩的原因。

「嗯，不過那個滿嘴吸血鬼闇黑教義的傢伙……本來就是不按常理出牌的怪人，我如果能理解她的想法的話，大概會變得很可悲吧。」

……雖然在常人眼裡看來，我本來就是個怪人。

可是如果有一天，我真的能夠與桓紫音老師互相理解，多半就會進化為怪人．MAX，連自己都無法忍受自己。

……怪人MAX啊，真可怕。那是在想像中稍微加以描繪，就令人想找個地洞鑽下去躲藏的遠景。

「哇啊!!」

幻櫻的大叫聲從背後傳來。

隨著聲音一起抵達的，是貼在後頸的冰涼觸感。

「好、好冰！」

我被嚇了一跳，忍不住叫出聲。

轉頭一看，原來幻櫻偷偷從背後繞了過來，惡作劇地大叫一聲，還偷偷摸摸將飲料的杯身貼到我的後頸上。

「哈哈哈哈哈哈哈哈哈……你的反應好大！笑死我了!!」

看到自己惡作劇成功，幻櫻誇張地大笑，湛藍的雙目笑得泛出淚水。

我本來有點不爽，但看見這麼開朗的幻櫻，從踏進理科教室就開始有的違和感，悄悄沖散內心的怒氣。

……到底為什麼會有違和感呢？

思考的同時，我伸手接過幻櫻遞給我的飲料，小小啜飲了一口。

「嗚！」

然後，我忍不住嘶一聲地噴出「好難喝」的埋怨氣音。

該怎麼形容呢？這是一種酸酸鹹鹹甜甜又帶著碳酸氣泡、前所未見的奇妙飲品。舉個貼切點的比喻，就像把酸菜跟可樂還有大量糖分亂七八糟地攪拌之後的產物。

「……難道很難喝？」

幻櫻的表情很愉快。

「呃……嗯，我很不想對一個在大熱天辛辛苦苦跑去買飲料回來的人這樣說，但是呢……坦白講，簡直難喝死了。這究竟是什麼飲料啊？」

與她截然相反，我則露出了苦瓜臉。

幻櫻盯著我手中的飲料，擺出思索的樣子。

經過兩秒鐘後，她像是想通什麼似的朝我豎起食指。

「啊！人家明白了！你沒有搖晃過再喝吧？很多飲料都要搖過再喝的唷。」

啊……要先搖過嗎？

我依言搖晃手中的飲料，然後再次喝了一口。

「……這不是更難喝了嗎？」

像是在極力忍耐大笑的衝動，幻櫻嘴角不斷勾起又放下。她的視線在我跟飲料中間游移了兩秒，接著像是觸動了某種機關，捧著肚子爆笑出聲。

「哈哈哈哈哈哈哈哈……笑死我了，你竟然能喝這麼多，弟子一號，我真是服了你！」

幻櫻笑到眼角都流出了眼淚。

最後，她終於承認我喝的飲料是刻意向飲料店老闆購買的「地獄特調」，裡面加了酸菜汁、芹菜粉、九層塔碎末等許多根本不可能出現在可樂中的可怕原料。

所以最後我喝到了地獄特調。

……真是惡趣味啊，這傢伙。

幻櫻坐在椅子上，晃著纖細的小腿，看似心情越來越好。

「不過呢，飲料店老闆調的這杯地獄特調，也不是只有你喝到而已。」

「啊？」

「其實我手中這杯飲料，也是地獄特調喔！我怎麼忍心讓我好傻好可愛的徒弟一個人喝，獨自承擔那份痛苦呢。」

「……」

我斜眼看去，發現幻櫻手中的飲料已經快喝完了。

但是我根本不相信幻櫻喝的也是地獄特調。雖然沒有確切的證據，不過幻櫻喝的絕對是普通的可樂。

幻櫻瞄了我一眼。

「欸？你好像不信呢？這『少騙我了』的表情是怎麼回事？」

「……我可沒這樣說。」

「然而你的表情已經這樣說了。對於詐欺師來講，在許多細微處能讀出真正的實話。」

「……」

發現我不說話，幻櫻把喝到剩三分之一的飲料塞到我手中。

「吶，不然這樣，你自己喝一口確認看看。」

一邊這麼說，幻櫻又露出似笑非笑的招牌笑容。

那笑容裡，帶著想看好戲的戲謔感。

「……！」

幻櫻的飲料，杯身上彷彿還殘留著她手心的溫度。

我忽然想到，如果喝了這杯飲料，透過吸管的接觸，這樣似乎就成了間接接吻。

但幻櫻好像毫不在意，只是保持著似笑非笑的表情，看我會不會去證實這杯飲料究竟是否為「地獄特調」。

這時候，我忽然恍然大悟。

喝飲料→「欸？弟子一號，你真的喝了啊？這可是間接接吻哦，嘻嘻。」

不喝飲料→「呼嗯，真是多疑呢，所謂的獨行俠之王，只有這種程度的氣量嗎？」

也就是說，不管怎樣都是她占上風，而我只能被牢牢壓制著。

好奸詐。

真是超級奸詐。

不過，如果將埋怨宣之於口，大概也只會被身為詐欺師的幻櫻視為最棒的稱讚，然後成為下一個嘲弄我的藉口。

我乾咳兩聲。

「咳咳，話說飲料也喝夠了，我們趕緊去找東西來玩吧。」

「……嗯？」

看似看穿了我想要打破僵局的意圖，幻櫻曖昧地笑了。

幸好，她大發慈悲地沒有繼續以言語進行追殺，而是保持沉默，與我一起站了起來。

雲霄飛車的呼嘯聲、攤販的叫喊聲交互響起，還有許多看起來像是NPC的路人，占據了通往各大遊樂設施的通道，讓場面顯得十分熱鬧。

我很久沒有來遊樂園了，內心深處也悄悄被熱鬧的氣氛所感染，忍不住雀躍了幾分。

「那我們要先玩什麼？」我問。

「旋轉木馬！」

幻櫻毫不猶豫地回答我。

……旋轉木馬嗎？真是孩子氣啊。

雖然以幻櫻嬌小的身材，就算混在戶外教學的小學生裡，可能也不會多麼突兀就是了……從這點來說，或許這是意外適合幻櫻的遊樂設施。

旋轉木馬似乎在遊樂園的西邊。

我們走了一陣子，陸續經過鬼屋、驚喜地心冒險等感官類的設施，卻始終走不到目的地。

「……奇怪，旋轉木馬有這麼遠嗎？」

眼看這個方向似乎快要走到底了，旋轉木馬卻遲遲沒有現身，我忍不住感到疑惑。

然而，幻櫻尖銳的言語，卻刺得我全身一縮。

「我說，弟子一號……你不會帶錯路了吧？剛剛可是參考過地圖導覽了喔？哎呀哎呀，你不會是那種看了地圖還會走錯方向的笨蛋吧。」

就在幻櫻說完這番話後，我看見了遊樂園高高豎起的的圍牆。

看到圍牆，代表走到底了。

既然走到底了，前面當然不會有旋轉木馬。

——所以說，我大概真的走錯路了。

而幻櫻環抱著胸，尾隨在我的身後，用高高在上的語氣，繼續對我進行打擊。

「人家可是很厲害的呢，超級厲害的。這麼厲害的我，應該不會有一個笨蛋徒弟吧？嘻嘻。想想也是嘛，俗話說名師出高徒，一個『高徒』怎麼會連地圖都看錯呢？」

……唔!!

糟糕。

從一進遊樂園開始，我始終被幻櫻壓得死死的，導致心中的氣焰也跟著低迷。

必須改變情況。

如果是強大的獨行俠，即使陷入這種困窘的場面，也能找出方法來化解危局。

「……」

我低頭思考。

我柳天雲當然是一個強大的獨行俠，很快的……從令人煩惱的困境迷宮中，我尋找到唯一的出口。

——這麼做就行了吧!!

於是我停下腳步，並將雙手插進口袋裡。

然後半回過頭，以側臉對著幻櫻，用極為鄭重的語調執行計畫。

「哼……難道到了這個地步……妳還不懂嗎？」

「……？」

幻櫻疑惑地歪著頭。

我繼續把話說下去。

「身處黑暗之人，是沒有回頭路可走的。」

「……」

沒錯，這就是文字的奧妙之處。

以迷路來說，「啊、我不小心走錯路了」這種話一聽就有失水準，但是如果將臺詞巧妙地替換成「身處黑暗之人，是沒有回頭路可走的」這種充滿格調的發言，即使是與前者相同的舉止，也必將被視為尊爵不凡的高尚舉動。

果然，幻櫻聽見我的話後，哪怕她是傳說中的天才詐欺師，依舊被我的格調震懾了短短一瞬間，並露出微小的破綻。

如孤狼般的獨行俠當然不會放過那個破綻，於是趁著幻櫻還來不及做出反應，我立刻把話題接了下去。

「但是呢，現在的我，不是獨自一人……身後，還有人在追隨我的腳步。

「——所以了，哪怕背叛過去的自己，斬斷曾經立下的誓約，我也將承擔那份苦痛，將其化為嶄新的力量，在無盡的黑暗中，找尋那一線曙光……最後，藉此建立新的理想！」

經過替換詞彙後，單純的迷路變成「換條路走」，格調頓時增加了一百倍。

而幻櫻聽完我的臺詞後，眼睛睜得圓圓的，露出震驚的模樣。

一口氣說完臺詞後，我放緩腳步，往我認定的新方向走去。

「……」

幻櫻默默跟在我的身後。

過了一會，我聽見身後傳來幻櫻拖長音調的朗讀聲。

「哞哞哞……身處黑暗之人……是沒有回頭路可走的……」

就像在念課本一樣的平板語氣，讓剛剛充滿格調的話聽起來變得十分怪異。

「哞哞哞……哪怕背叛過去的自己，斬斷曾經立下的誓約，我也將承擔那份苦痛，將其化為嶄新的力量……!!」

念到後來，幻櫻的語調裡偷偷帶上了想笑的感覺。

我努力裝作沒聽見。

這次我走對了路。

不過旋轉木馬人很多，要排隊才能遊玩。

排隊過程中，幻櫻仰頭看向我。

「想不想跟我坐同一隻旋轉木馬？嗯？」

「……誰想啊，再說旋轉木馬會被壓壞吧。」

「唉，你真是個不瞭解潛規則的笨蛋呢。要知道，一起坐旋轉木馬的時候，可是對前方乘客的腰肢上下其手的最好機會喔！」

幻櫻貌似認真地說出了歪理。

她的態度讓我忍不住追問：「呃，這『潛規則』妳是從哪裡聽來的？」

「雛雪教的。」

「果然是那傢伙嗎……」

就算人不在這裡也能對局面造成影響，不愧是怪人社的成員之一，怪人戰鬥力十足。

伴隨著輕快的音樂聲，旋轉木馬像海浪一樣不斷起伏、於柵欄中不斷轉動。幻櫻坐在我隔壁的木馬上，笑得很開心。

彷彿刻意去擺脫一切思緒，只想單純沉浸在快樂中那樣，此刻的幻櫻，渾身上下洋溢著愉悅的氣息。

「……」

然而，看見那樣的幻櫻，不知道為什麼，我感到內心深處一陣隱隱作痛。

玩過旋轉木馬後，我們去玩驚喜地心冒險。

驚喜地心冒險是一款隧道遊戲，會坐小火車經過漫長的地下隧道，於過程中可以欣賞園方設計的各式特殊造景，如荒誕鬼怪派對、咻咻砰砰大風吹等景色都將一一出現。

「其實坐小火車也有潛規則哦。」

坐在我旁邊的幻櫻，朝我豎起食指。

「……該不會又是雛雪教的，可以對身旁的乘客上下其手之類的潛規則？」

幻櫻彎了彎手指，示意我答對了。

多麼扭曲的潛規則啊！雛雪這傢伙腦袋裡除了畫畫之外，難道只剩下色色的東西嗎？

「……」

在經過荒誕鬼怪派對的中間段落時，忽然有一隻長著蝙蝠翅膀的南瓜怪物朝我們撲來。

我嚇了一跳，但那隻南瓜怪物其實只是做做樣子，剛接近小火車就又飛回原位。

超乎我意料的是，幻櫻相當鎮定，完全沒有受到驚嚇。

大概是察覺到了我的視線，幻櫻嘴角勾起帶著嘲弄意味的弧度。

「嗯？你似乎在期待什麼呢？弟子一號。」

「……沒有啊。」

「別逞強了，青春期的男孩子在這種情況下，絕——對——會幻想女孩子被嚇到，然後『呀』一聲地抱住同行男士的手臂吧？畢竟這可是增加親密度的絕佳機會，如果在美少女遊戲裡的話，就會響起『好感度+10』的叮咚音效呢。」

「請別擅自解讀青春期男孩子的內心謝謝。」

「嗯哼？難道不是嗎？」

「身為獨……」

我話剛說到一半，幻櫻忽然靠得更近，接著抱住我的手臂。

軟綿綿的少女身軀，彷彿要將整隻手臂包覆、溫柔地吞噬那樣，令人心跳加速的體溫也不斷傳來。

以由下往上的必殺角度注視著我，在這種距離下，更能看出幻櫻的五官究竟有多麼清秀端正。

「怎麼樣？有沒有響起『好感度＋10』的音效？」

幻櫻笑得很狡猾。

「……沒有。」我回。

幻櫻臉上的笑容誇張地收斂，刻意裝出失望的表情。

「欸——!?騙人，真的沒有增加好感度嗎——!?」

明明知道她在引誘我上鉤，就像拿著魚竿的漁夫那樣……但是，手臂陷在她柔軟的懷抱時，內心裡、特別是身為正常男性的那部分，依舊感到一陣動搖。

幸好獨行俠的內心擁有歷經千錘百鍊的強大，最後我避開幻櫻的目光，死死盯著周圍的風景，試圖平靜地做出回答。

「……真的沒有。」

第二次回答過後，幻櫻放開了我的手臂。

「這樣啊……沒有嗎？」

幻櫻的音量有點變低。那是會令人於心不忍的轉變。

「可惜……人家明明對你增加了很多好感度說，沒想到……唉……」

察覺到少女的嘆息後，即使知道可能是陷阱，原本逃避了對方視線的我，忍不住再次朝她望去。

「……」

沒想到，幻櫻像是早就料到我會轉過頭去那樣，一直盯著我不放。

「噗哈哈哈哈哈哈哈哈——!!」

然後，她帶著惡作劇成功的笑容，捧著肚子爆笑出聲。

「上當了、果然上當了！果然在這方面，你跟一般男孩子沒兩樣嘛！期待跟女孩子產生邂逅什麼的，就算是獨行俠也無法避免的哦？」

「嗚……!!」

我被她笑得整張臉都燒了起來，非常想找個地洞鑽下去，一輩子都躲著不出來。

果然幻櫻這傢伙就是喜歡捉弄我。

……這樣說來，剛剛對我好感度增加什麼的，果然只是為了引誘我跌入陷阱的誘餌吧。

叭叭——

小火車的旅途即將結束的提醒聲，在這時候響起。

繞了一大圈後，我們再次回到起點。

隨著旅程接近尾聲，小火車開始減速。幻櫻在微風中伸了個懶腰，她伸懶腰時，上衣稍微被拉起，露出一截平滑的小腹，與小巧可愛的肚臍。

最後，以做出總結般的語氣，幻櫻再次挑起話題。

「弟子一號，坦白告訴你好了，剛剛那句話其實是騙你的！抱住你手臂的時候，我對你的好感度沒有增加。」

「……」

明知道的事實被說出口，胸口頓時產生被利箭射中的感覺。

然而，面對維持沉默的我，幻櫻露出可愛的笑容，將話題延續下去。

「——因為，我對你的好感度，從一開始就已經滿了喔，當然沒辦法再增加了！」

「嗚……!!」

「咦？你怎麼又臉紅了？難道戳到你的要害了嗎？你沒辦法抵擋直球攻勢嗎？呼嗯……又找到你一個弱點了呢。」

幻櫻的揶揄聲不斷傳來，我完全不敢看她。

小火車明明已經快要駛到終點，但這段短暫的時間，在我感受起來卻無比漫長。

離開驚喜地心冒險後，由於肚子有點餓了，我負責去買草莓刨冰，幻櫻則坐在假山上的涼亭休息。

草莓刨冰的小販那裡，也有很多遊客在排隊。

「……大意了。」

一邊排隊，我用雙手拍拍自己的臉頰，檢討剛剛的過失。

「沒想到我會掉入如此明顯的言語陷阱，這種猶豫不決的笨蛋作風，非獨行俠所為……看來我在這條道路上，還有很長的距離要走。」

所謂的獨行俠，必須像壁虎那樣，身負斷尾求生的決斷力。

況且，被人察覺弱點是獨行俠的大忌。

不過話說回來，不知道為什麼，幻櫻非常瞭解該怎麼應付我。

從初次見面開始，我就有這種感覺……幻櫻對於我的瞭解，比我預計中更加深刻，簡直像是原本就認識我很久很久似的。

「謝謝惠顧，一共是一百八十圓！」

終於輪到我了，從老闆手上接過兩碗草莓刨冰後，我回去找幻櫻。

沿著長長的階梯爬到頂端，那邊有一個供遊客休息的涼亭。

幻櫻靠著欄杆，坐在涼亭的石椅上，低頭欣賞旁邊假山的造景。假山上有水流不斷沿著隙縫淌下，那些水流於最低處匯集、形成了瀑布，注入一個小池塘中。

在那小池塘裡，可以看見各色鯉魚游來游去。不過那些鯉魚吃得圓滾滾的，我猜大概是被遊客餵肥的吧。

「拿去。」

我把草莓刨冰遞給幻櫻。

「哦？我還以為你會趁機報復呢。」

「……報復？什麼意思。」

「我之前買飲料的時候，不是把飲料偷偷貼到你後頸嗎？這次輪到你買東西，你竟然沒有趁機還擊，這讓我有點意外。」

「……那個，我買的是草莓刨冰。如果把這種沾滿醬料的東西貼到妳後頸上，絕對會超過惡作劇的範圍吧？」

「嘻嘻，也是呢。」

幻櫻接過草莓刨冰，愉快地笑了起來。

她明明知道我不會這麼做，卻刻意提起了這件事。與其說是確保自己不被惡作劇，更像是在彰顯過去的勝果，將輝煌的戰績搬到檯面上來二次炫耀。

偏偏我沒辦法做出反擊，於是在氣勢上，立刻被這個身高矮了我兩顆頭的少女給壓倒。

我挖了一湯匙草莓刨冰，然後不甘心地問：「如果我真的那麼做了呢？我是指草莓刨冰的惡作劇。」

幻櫻把手指抵在脣上，考慮了一下。

「我想想……」

「……？」

接著，她看了看我，再比了比假山下的池塘。

「那樣子的話，頂多池塘裡的鯉魚會變得更肥而已，其實也沒什麼。」

「哪來的黑色笑話啊！妳是惡魔嗎！」

「哈哈哈哈……開玩笑的——玩笑!!你這麼認真幹麼？」

「……」

本來想要做出回擊，卻又被幻櫻捉弄得更慘。

這傢伙簡直是我天生的剋星……面對桓紫音老師、沁芷柔、風鈴、雛雪這些怪人社成員時，絕對不會生出這種無力感。

小口小口吃著草莓刨冰的幻櫻，在帶著沙沙枝葉聲響的風中，銀白色的頭髮被吹得飄揚起來。

「好甜～～吶吶，弟子一號，這個好好吃喔！」

吃著草莓刨冰的幻櫻發出驚嘆聲，並露出無比幸福的表情。

說話時，她的肩膀微微向我靠來，我們的肩膀靠在了一起。

明明只是坐在一起吃刨冰這種微不足道的小事，她卻開心得整張臉都亮了起來。

就好像得到渴望已久的事物那樣，這一刻，幻櫻彷彿全身都在閃閃發光。

她那異常的雀躍，她那極度的欣喜，她那燦爛到極致的笑容……還有，那令人感到迷惘的巨大幸福感，究竟從何而來？

現在的我，還不清楚答案。

然而。

然而……

然而——

就在這一瞬間，一股如針刺般的銳利念頭，從令人無法預料的思考角度，插進我的腦海。

在強烈的對比下，我忽然明白了……從進來這個遊樂園開始，不，從今天見到幻櫻開始，內心不斷翻攪的「違和感」的誕生原因。

……不對勁。

不對勁。

一直以來，我似乎都忽略了一件事。

——那就是幻櫻對所有人的態度，在逐漸產生變化。

在晶星人降臨的那一天，那個開朗又愛笑的幻櫻，與現在遊樂場裡這個會因為草莓刨冰而感到幸福的幻櫻，是完全相同的。

但是，隨著時間的過去，一次又一次面對寫作上的挑戰，因為某種不明的緣由，剛開始很開朗的幻櫻，逐漸在怪人社裡變得安靜無聲。

她的存在感，就像被水不斷洗刷的顏料盤那樣，原先繽紛的色彩一層層剝落……剝落……剝落，直到最後，只剩下蒼白的顏料盤主體。

在眾人玩耍笑鬧時，幻櫻也總是游離於圈子邊緣，維持著不被任何人注意、也不脫隊的微妙距離。

然後沉默。

然後……將存在感，一天一天從怪人社中淡去。

在某種我無法理解的原因中，這個如同漩渦般的局面，緩慢且穩定地形成，將所有可能產生的質疑與疑惑吞入暗處。

……我明明是最早認識幻櫻的人，卻依舊沒辦法發現……沒辦法意識到幻櫻身上產生的變化。

那是一點一滴、精細得可怕的變化——即使內心深處覺得有哪裡不對勁，也無法確切地指明問題所在。

但是，現在在遊樂園中的幻櫻，跟起初的她一樣快樂的幻櫻……在產生了對比後，於劇烈的違和感中，我終於發現了其中的變化。

一般人如果想要實行這個計畫的話，勢必會在半途中被人發現吧。

然而，如果是「傳說中的詐欺師」幻櫻的話，就可以完美達成目的。

……不過，這是為什麼呢？

為什麼幻櫻會慢慢淡出怪人社的圈子呢？

現在這個快樂的妳，才是真正的妳嗎？

我呆呆地注視著幻櫻，她臉上仍維持著吃到美食而產生的興奮，臉頰紅撲撲的，看起來非常可愛。

幻櫻歪了歪頭，對注視著她的我微笑。

最後，她像是從細微的變化中察覺了我的想法，輕輕踢著踏不到地面的小腳，將視線投向空處。

「我帶你……去一個地方。」

彷彿魔法一樣，遊樂園裡明明還是盛夏，離開了遊樂園大門後，卻轉移到另外一個時間、季節完全不同的地點去。

這裡很冷，而且在不斷降下白雪，正值寒冷的冬天。

我們的面前有一棟大得誇張的豪宅。

而豪宅裡空蕩蕩的，沒有半個人。

我跟著幻櫻走入其中，沿著迴廊不斷前進……前進，最後來到一間和式風格的屋子。

那屋子也非常寬廣，還附帶一個正方形的庭院。

幻櫻坐在庭院的邊緣，腳踩在石階上。

雪越來越大了，正方形的院子內已經覆滿皚皚白雪，一棵老邁的櫻花樹座落正中。櫻花樹外探的枝椏，彷彿乾枯的老人之手，朝天空、乃至四面八方毫無生氣地延伸。

而有一株伸向東側的枝椏特別寬長，在白雪上投出斜長的黑色影子。

那黑影延伸的盡處，恰好與幻櫻的鞋尖相接，連成了一個整體。

「這棵櫻花樹，叫做『樹先生』。」幻櫻微笑。

她說話時，抬起頭來，望著櫻花樹的頂部。

「它比別的櫻花樹都還要高大，開起花來一定更漂亮。但是呢，樹先生好多好多年以來，一直都沒有開花。從小時候開始，我每天都努力地幫它澆水，樹先生卻還是這個樣子，乾巴巴的，就好像一個頑固的老頭。

「但我不想放棄，一直到晶星人降臨的前一天為止，我還是有來樹先生這裡，幫它澆澆水，與它說說話。

「爸爸常常勸我不要這樣做了，替樹先生澆水只是浪費時間，它不會開花的，但我還是每天都來這裡報到。」

幻櫻說到這裡，聲音慢慢低了下去。

「長大後，讀過許多關於樹的書籍，我自己也很清楚，樹先生開花的可能性已經很低很低很低……

「而且，如果有一天，樹先生真的開花了，沒有意識到我的存在的樹先生，也不會知道這麼多年來，是誰替它澆的水。群眾會圍著盛開的樹先生讚嘆它的美麗，卻會遺忘替樹先生付出許多心血的主人。

「可是，這也不是那些人的錯。

「因為從一開始，我就只是想看到樹先生開花而已，就算樹先生自己不知道我的存在，那些群眾不知道我的存在，也沒關係，只要樹先生盛開時比誰都壯觀、比誰

都漂亮，那我的努力，許許多多的付出……就不會白費。」

幻櫻的話聲很輕。

不知道為什麼，明明是這麼輕的話聲，卻每一句都鑽進了我的心裡，讓我胸口感到隱隱作痛。

我說不出話來。

因為幻櫻的語氣，帶著隱約的悲傷。

明明只是在說一棵樹的事，她卻如此悲傷。我無法理解背後的原因，卻被那哀慟給感染。

幻櫻站了起來，接著她背對我，慢慢走向樹先生。就像幻境在回應幻櫻的心願似的，雪融，樹先生逐漸變化型態，先是長出了花苞，慢慢變得成熟，最後化為盛開的櫻花樹。

樹先生本來就比別的櫻花樹還要高大許多，即使只是在虛擬世界中盛開，但它的枝葉就像巨大的翅膀一樣遮蔽了天空，看起來真的非常壯觀。

隨著粉色花瓣不斷飄落，在醉人的花香中，原本背對我的幻櫻，慢慢轉過身來，面向我。

接著，她對我微笑。

那笑容非常複雜，明明在笑，卻讓人內心湧起強烈的酸楚感。

然後她像是自言自語一樣，說出了我聽不懂的話。

「我本來以為自己有一年時間，但是呢，看來研發中的機器果然還是不夠穩定，時間比我想像的還短。如果扣掉半年的話……我就沒有時間了。」

「？」

我不明白幻櫻的意思。

「幸好，你雖然是個沒用、好色、遲鈍又花心的大傻瓜，但在寫作方面，是非常有天賦的。還記得我們當初立下的約定嗎？『你要東山再起，重新衝擊王座』。現在的你，只要繼續努力下去，就有成為王的資格。」

「……？」

我還是不明白幻櫻的意思。

但幻櫻似乎不打算詳細解釋，只是輕輕把話接了下去。

「柳天雲，晶星人降臨後，已經過了快半年。之後你也會與怪人社的成員一起……拚命修煉贏得比賽，在最終一戰後，讓所有人回到現實世界吧？」

幻櫻並不稱我為「弟子一號」，而是叫我的名字。

她沉靜下來，等待我的回答。

「……那當然。」

「嗯，那我就放心了。」

幻櫻拍了拍自己的心口，然後又說：

「之後，你可能會忘記很多很多事，但不管發生什麼事，都絕對不能再放棄寫作，知道嗎？」

「……嗯。」

我已經不想再變成以前那個自怨自艾、封筆不敢面對現實的我了。受到這麼多人的幫助後，現在我所踏出的每一步，都不是單純為了自己而走。

不知道為什麼，幻櫻似乎十分擔憂，不停開口叮嚀。

她從來沒有這麼囉唆過。

「即使遇到了很嚴重很嚴重的打擊，也要在痛苦過後，變得更強、更強……咬緊牙關重新站起來，明白嗎？」

「……好。」

「認真回答，不要這麼敷衍！」

「好。」

就像要離開家裡很久很久、放心不下的旅人，在向家人道別那樣，幻櫻不斷提醒我一件又一件瑣事。

其實這些以後再講也可以的。

明明還有很多機會可以說這些話，我不瞭解幻櫻為什麼一定要現在提。疑惑讓我陷入了沉默，幻櫻那份關切卻是貨真價實。

「……」

最後，幻櫻凝視著我。

以手指撥著掛在腰間的狐面墜飾，做出深吸一口氣的動作，幻櫻彷彿下定了決心。

在漫天飛舞的櫻花下，她背後映襯著盛開的樹先生。在這一瞬間，我眼中產生了幻覺，她的髮色彷彿在剎那間變成了粉櫻色，跟夢中幻櫻的形象一模一樣。

不知道為什麼，幻櫻的眼角帶上了一絲淚水。

最後的最後，像是在肯定我的成長那樣，幻櫻微笑著對我說出了最後一句話。

「樹先生，花開了呢。」

第二話　尋覓眼中的你

「樹先生，花開了呢。」

幻櫻這句話的意思，我無法確切理解。

但是，那隱藏在微笑後面的念頭，如果細細品嘗，卻夾帶著一絲隱約的悲傷。

即使強顏歡笑試圖掩蓋，仍無法沖淡那份沁入風聲的感嘆。

哪怕自欺欺人嘗試逃避，也只會響起越來越痛苦的泣訴聲。

幻櫻在「轉轉遊樂園君」裡的發言，令我非常在意。

我不明白。

我不明白……幻櫻為什麼要說這些話、做這些事。

就算過去的例子，告訴我幻櫻的一舉一動都是有道理的、經過精密計算的，但她的布局能力實在太強，即使看出了一些蛛絲馬跡，我依舊讀不出藏在迷霧後的真相。

那迷霧太過濃厚，令人心裡沉悶。

然而，我隱隱有種不祥的預感，就好像現在的和平都是假象那樣。我、風鈴、雛雪、沁芷柔、桓紫音老師所身處的日常，似乎不像表面上看起來那麼簡單。

……希望是錯覺。

然後，隨著我跟幻櫻返回現實世界，原本那個開朗活潑……似乎暫時將所有煩惱都拋到腦後的幻櫻，消失了。

取而代之的，是原先那個存在感日漸薄弱、沉默寡言的幻櫻。

這種轉變讓我感到內心有某塊地方，像被壓上了一顆大石頭那樣，沉甸甸地，而且還有越來越沉重的趨勢。

「到底是怎麼回事……為什麼我會這麼不安……」

在與A高中決戰的前夕，我獨自坐在海邊，望著如燃燒般火紅的晚霞，像是想藉由反覆確認來找出事實那樣，喃喃自語。

「就好像有某種非常非常重要的東西……快要被奪走了……快要不見了……我卻不知道那是什麼……」

還有，幻櫻腰間的狐面墜飾，也令我非常在意。

似乎出於某種緣故，每次與我說話時，她往往會下意識撥弄著狐面墜飾。

那狐面墜飾不像市售的禮品那麼精細，在接線處也有一點磨損，幻櫻卻十分寶貝這個小飾品。

「那一串狐面墜飾……有什麼由來嗎？」

「是別人送給幻櫻的禮物嗎……？如果是別人送的，能令幻櫻這麼在意，送禮的人又會是誰……」

隨著浮上心頭的疑惑，我竟然對連身分、性別都不知道的那個神祕贈禮人……產生了一絲羨慕。

決戰前最後的準備時間，像指縫中的沙子一樣迅速溜走。

與A高中決戰的前夜，我作了惡夢。

夢中，C高中天空上方飄浮著巨大的紅色漩渦，紅色漩渦向下投射出紅色的激光，鮮血般的紅色覆蓋了島上每一寸空間。

被紅光照射到的所有學生，身體都在逐漸瓦解，最終化為粒子消散在空氣中。

我以旁觀者的角度看著所有人，而在怪人社內，我看見了另一個「我」，也在逐漸消散。

……又是這個夢嗎？

已經作過好多次這樣的惡夢了。

之前，夢中的那個「我」，總會帶著寂寞的表情，嘴角噙著一絲解脫的笑，彷彿被瓦解也無所謂似的。

那種表情、那種心情，很像尚未遇到幻櫻，還沒重拾寫作前的我。

我本來以為夢境會又一次重演，然而……夢境卻突然產生了變化。

那個正在不斷化為粒子消散的「我」，竟然發現了夢境中做為旁觀者的我。

「……!!」

他朝我撲來，用力抓住我的肩膀。

即使夢中感受不到疼痛，我依舊能感受到他迫切、焦慮的思緒。

「…………」

夢中的「我」張大了嘴巴，努力朝我喊著某些話，但似乎是受到夢境阻隔的緣故，不管他再怎麼努力嘶吼，我依舊聽不見半點聲音。

「…………」

那個夢中的「我」，似乎也察覺我聽不見，他臉上的肌肉因為著急，逐漸變得扭曲起來。

「…………」

他很拚命。

就算知道自己的聲音無法傳達，依舊在拚命嘗試，試圖將想法傳達至遙遠的彼端。

我沉默地望著夢中的「我」，他已經消失到剩下半個身體，但依舊在不斷朝我嘶喊。

「……」

一向悠悠哉哉地度過日子，以獨行俠的生存宗旨來過活的我，從來沒有想像過，自己會露出這麼拚命的樣子。

……你為什麼這麼拚命？

……你為什麼這麼慌張？

連自身消逝都不在乎的你，為什麼發現了來自夢境外的我的存在後……你會放棄一切，哪怕用盡人生僅存的時光，也要朝我傳遞某些訊息？

「……」

最終……夢境中的「我」完全化為粒子消失。

夢境本來就有相當程度的模糊，再加上沒辦法聽見夢境中的「我」的聲音，導致我完全無法瞭解他的意圖。

然而。

然而……我也並非一無所獲。

在最後的最後，那個「我」將要消逝的前一刻，他像是忽然想到了辦法一樣，焦急地拉過我的手掌，在我的掌心寫了兩個字。

這兩個字……我很熟悉，不單貫穿我的寫作生涯，也在我的生命中占據無比重要的地位。

這兩個字是……

「晨曦。」

為什麼我會一直作相同的夢……

夢中的我……究竟想傳達些什麼……

懷抱著無數疑惑，與A高中決戰之日，來臨了。

照慣例，晚上才會開始決戰，所以清晨就起床的我們還有幾乎一整天的時間可以運用。

我們所有人在怪人社集合。

被「詛咒草人」石化的沁芷柔石像，被擺在她平常的座位上，始終陪伴著大家。

一直很嚴厲地督促眾人的桓紫音老師，今天卻給予我們放鬆的時間。

「事先的準備已經足夠了。」

桓紫音老師的表情很平靜，看不出半點緊張。

「零點一、首席黑暗騎士，汝等今日的任務，就是放鬆心情，預備迎接晚上的決戰。」

之前出戰別的學校，C高中都由我、風鈴、沁芷柔所領軍，現在少了沁芷柔，大概就只剩我跟風鈴了……不過，桓紫音老師的吩咐超乎我的預期，就算晚上才要面臨最終決戰，下達的指示也不該如此寬鬆才對。

接到老師的指示後，我跟風鈴遲疑了一下，才剛在自己的座位坐下預備溫習寫作，卻被桓紫音老師趕出怪人社。

「——就叫汝等去放鬆了不是嗎!!給吾出去，聽好了，去別的地方也不准偷偷練習寫作!!」

這是桓紫音老師下達的第一個命令。

在如此重要的決戰前，她的第一個命令竟然是「不准練習寫作」。

但桓紫音老師的決策從來沒有出錯過。

從晶星人降臨，她強勢統治C高中以來，她所下的每一項決定或許看起來荒唐，但最後事實都證明了老師是對的。

比如與Y高中的怪物君一戰，當時我們還不夠強，如果不是桓紫音老師果斷地放棄了與Y高中交手，或許那個恐怖的怪物君，就會摧毀一兩位怪人社成員的寫作意志。

許多與怪物君交手過的人，因為實力相差太過巨大，被怪物君的陰影植入內心深處，從此對寫作心生恐懼，再也無法動筆。

怪物君……到底有多強？

現在的我們……與他差距有多大？如果是現在的怪人社成員，對上當初來挑戰C高中的怪物君，有多少勝算呢？

沒人知道答案。

一年的時間過去後，A、B、C、D、E、Y六所學校將會碰頭，彼此衝突、進化過後的一群輕小說家，將以文字編織而成的生存渴望……去進行前所未有的激烈戰鬥。

最終一戰過後，答案就會揭曉吧。

然而，得知答案的那一刻，一切也將迎來終局。

「前輩……為什麼桓紫音老師不准我們練習寫作呢？」

風鈴似乎打從心底感到疑惑，露出困擾的表情。

「……我也不清楚。」我坦白回答。

但是，桓紫音老師肯定有她的理由吧。

不知道什麼時候，這個帶著濃厚中二病氣息的老師，早已被所有怪人社成員打從心底信賴著。就算她很多地方都明顯不專業，像是喜歡裝模作樣地扮演吸血鬼，或是被發現生日根本不是三萬年前之後倔強地做出掩飾——然而，她獨自支撐起整座C高中的營運，從未對我們發出怨言過，僅將辛苦構思的教學成果給予我們，讓怪人社的成員無償享用。

這樣子的她，值得我們相信。

話說……相信別人嗎？

我柳天雲？

「哼……我還真是個不倫不類的獨行俠啊。」

如此自言自語著，引來了風鈴好奇的注視。

我裝作沒發現。

接著，風鈴提議去離這裡有一段距離的靜心湖散步。C高中原本沒有這個景點，這是以晶星人的道具「轉轉湖泊君」變出來的人造湖泊。

我們兩人抵達靜心湖之後，坐在湖邊的長椅上。

今天的天氣很好，明媚的陽光照射在我們身上，但冬天的餘威依舊籠罩大地，吹來的風中還是帶著些許寒意。

風鈴似乎感到寒冷，坐得離我靠近了一些，肩膀與我的手臂輕輕相碰。

即使只是輕微的接觸，又隔著有一定厚度的冬季制服，我依舊能感受到風鈴身體軟綿綿的彈性。

……女孩子的身體，為什麼會這麼軟呢？

就像天生獲得了比別人更多的神之恩寵那樣，風鈴的身材比一般女孩子還要好很多，幾乎找不出可以挑剔的地方。

穿著十分合身的冬季制服，風鈴姣好的身材曲線展露無遺。視線如果順著白皙的脖子下滑，沿著鎖骨再往下探，可以看到豐滿的胸部弧度，再往下就是女孩子特有的、往內削進去的腰部曲線，身材就像模特兒一樣完美。

「……嗚。」

彷彿察覺到我的視線在偷偷打量她，風鈴臉慢慢紅了，發出輕微的嗚嗚聲，接著低下頭來。

氣氛忽然變得有點尷尬。

但是更尷尬的展開還在後面。

「……竟然對女孩子的身體進行視姦呢，學長真是個大變態。」

寫著上述字句的白色繪圖板，突然從後面伸出來，豎在我跟風鈴面前。

「「!?」」

我跟風鈴都嚇了一跳，這時候雛雪的身影很快地從椅子旁邊繞了過來，硬是在我跟風鈴中間擠出一個位置坐下去。

用標誌性的愛心眼盯著我看，處於無口人格狀態的雛雪，用繪圖板寫字與我們進行溝通。

「雛雪一個人待在怪人社裡面好無聊，所以來找你們玩。」

「……怪人社的其他人呢？」

「老師跑去鼓舞其他學生的士氣了，不過仔細想想，整天為了異族而服務，還真是悲哀的吸血鬼呢。」

「……妳這話被桓紫音老師聽到，她會氣到從嘴巴噴出火來的。」

「噴火龍嗎？」

「不，比噴火龍更可怕。」

「聽起來不錯，雛雪想畫比噴火龍更可怕的東西。」

「妳啊……」

我也真是服了妳。

不過確實如雛雪所說，一個整天為了人類忙得團團轉的吸血鬼皇女（自稱），聽起來確實很奇怪。

話說回來，雛雪真的非常擅長直擊別人的痛處，脾氣再好的人也會額際冒起青筋。

在雛雪突然插進來坐著後，原本因為獨處有點害羞的風鈴，不知道為什麼露出可惜跟失望混雜的表情。

雛雪似乎也注意到了這件事，愛心眼直盯著風鈴看。

接著她忽然把繪圖板橫到風鈴面前，給她看上面寫的字。

「……我說，風鈴。」

而風鈴被雛雪突兀的舉動嚇了一跳，像有電流忽然竄過身體那樣，背部弓了起來。

「是的!?」

「妳看起來不擅長進攻呢，剛剛兩個人獨處坐在這裡時，竟然什麼都沒發生。

讓雛雪來教妳吧，妳那充滿色氣的軟綿綿身體，就是吸引青春期男性目光的最強武器。」

「什、什麼身體？風……風鈴……風鈴才不會做那種事呢。」

雛雪一本正經地胡寫，不擅長應付這種事的風鈴，頓時陷入了慌亂中。

看見對方的反應，明明還在無口狀態的雛雪，嘴角竟然勾起些微偷笑的弧度，愛心眼也慢慢變成了桃紅色。

我本來正打算開口替慌張又混亂的風鈴脫離危機，雛雪卻比我早一步有了動作。

「——幸好雛雪是很好心的，我教妳一個方法，能夠讓妳充分發揮自己的女性魅力。即使是花心大蘿蔔的學長，也會被吸引住吧。」

「……咦？」

我本來以為風鈴會拒絕，但風鈴露出了「那是真的嗎」的疑惑表情。

「不相信嗎？」

風鈴急忙搖頭。

於是雛雪又笑了。

「嘻嘻，妳把雙手舉在臉頰旁邊，比出YA的姿勢。」

風鈴沒有立刻照做，猶豫了很久。

但雛雪湊近了風鈴，以幾乎要接吻的危險距離，認真地將臉孔貼在對方面前。

「……文靜的女孩子，在三角戀愛爭奪戰中的勝率，根據統計是很低的喔？」

「……咦咦！」

不知道為什麼，在雛雪說出這番話之後，原本猶豫不決的風鈴，紅著臉，雙手慢慢舉了起來，在臉頰旁比出ＹＡ的姿勢。

……好可愛。

然而，這就是雛雪所說「充分發揮自己的女性魅力」的方法嗎？也未免太普通了吧。

我正想開口吐槽，雛雪卻從口袋裡掏出了某種東西，伸到風鈴的嘴巴前。

「嘴巴張開，咬住這東西邊緣，小心別掉下去。」

發出「哈嗯」的聲音後，風鈴咬住了那東西。

……那東西呈現淡綠色的包裝，正方形，大小只有幾公分而已。

雖然從來沒有使用過，我依舊一眼認出了那東西——這東西通常由天然乳膠所製，可以用來避免人類進行生殖行為後的妊娠症狀。

通俗一點來形容的話，就是……保險套。

風鈴原本顯得很可愛的「ＹＡ」姿勢，在咬住保險套之後，頓時變得十分色氣。加上她那楚楚可憐的表情，對男性的殺傷力立刻提升到了最高點。

「接下來就是把腿張成Ｍ字……」

「——喂喂！夠了吧，該住手了!!」

在雛雪繼續對風鈴灌輸更奇怪的觀念之前，我趕緊出聲阻止。

風鈴在察覺自己剛剛咬著的究竟是什麼東西之後，低著頭不敢看我，整張臉紅到像要冒出蒸氣。

「哎呀哎呀，看來開發出新屬性了呢。」

這句話雛雪是用嘴巴說出口的。

惡作劇得逞後，雛雪站了起來，在原地雀躍地轉了一圈，雙眼放光，像頑皮的貓一樣笑了，變成了「*ω*」的表情。

「也有送給學長的禮物哦。」

雛雪彎下腰，把解開了一顆鈕扣的衣領往下拉，讓我看她飽滿的乳溝。

被衣服從兩側拘束的情況下，胸部的球狀變得更明顯了。

「……唔！」

好大。

還有，她竟然沒有穿胸罩……這傢伙是痴女嗎……

我感到自己的臉也紅了。

雛雪看看風鈴，又看看我，噗哧一聲笑了出來。目的終於達到的她，心滿意足地溜走了。

「雛雪那傢伙……」

我無奈地搖了搖頭，本來想向風鈴提出抱怨，但她始終處於極度害羞的狀態，低著頭沒辦法給予回應。

「……」

「……」

在雛雪離開後，過了十分鐘。

我們兩人都陷入了沉默，我望著湖泊的景色，一隻從海邊飛來的大嘴海鳥叼起了魚。

而風鈴臉上的紅暈，也終於開始消退。

「那……那個……」

接著，用很小很小的音量，風鈴輕輕呼喚我。

「嗯？什麼事？」

「那個……前輩……」

「嗯？」

「就是……那個……」

風鈴在這裡停頓了，感覺內心在進行某種掙扎。

我耐心地等待風鈴開口。

又過了一陣，風鈴像是終於積蓄到足夠的勇氣，悄悄注視著我，把話問了出來。

「前輩您……對、對剛剛那種姿勢……咬著那東西的樣子……真的很有興趣是嗎？可、可是風鈴不太擅長那種事，風鈴……風鈴……」

風鈴臉又紅了起來，說不下去了。

……原來是為了這件事煩惱嗎？

聽完風鈴的煩惱，我忍不住笑了。

在風鈴繼續胡思亂想之前，我將手掌蓋在她的頭上，亂揉了一陣，把她漂亮的紫色髮絲稍微弄亂。

我一邊揉著風鈴的頭，一邊露出微笑。

「別擔心那種奇怪的事啊，妳只要做自己就好……也就是說，風鈴妳只要維持風鈴的樣子，那樣就可以了。」

風鈴聽了我的話，原本煩惱的表情逐漸消失，露出溫柔的笑容，用力點了點頭。

「……嗯！風鈴知道了哦。」

接下來，我與風鈴開始正常的聊天。

其實在充滿悠閒氣息的湖邊，本來就該談談閒事才對，那種大家都說不出話的奇妙情況，只有雛雪出現的情況才會發生。

「妳說的那個『愛寵衝衝衝』節目，我也有看喔。」

「欸？真的嗎？」

「真的。」

「風鈴很喜歡裡面三號來賓帶來的柴犬哦，牠總是在懶洋洋地睡覺，好可愛！」

「原來如此，我倒是比較喜歡七號來賓帶來的哈士奇。」

「為什麼前輩喜歡哈士奇呢？」

「啊啊……我剛開始也不知道，就是直覺式的喜歡吧……不過，如果硬要找個理由的話，哈士奇長得跟狼很相似，或許那份孤傲，就是我喜歡上哈士奇的原因。」

「……啊，風鈴想起來了！前輩提到的那隻哈士奇，有一次在新來賓帶來的大狗要欺負柴犬時，保護了牠呢，好勇敢、好厲害！」

「喔喔，妳說的那是第八十六集第三小節發生的事吧？那集我也……」

閒談。

漫無目的的閒談。

我很少能有這麼多的時間與風鈴相處。

而且，在晴朗的天氣下，於明媚秀麗的湖泊旁與美少女聊天，本身就是一件相當愉快的事。

偶爾將寫作的事拋到腦後，什麼也不想，單純地享受生活，沒想到也滿快樂的。

我跟風鈴就這麼一直在湖泊旁待到中午，我們兩人肚子都餓了，於是站起來，一邊聊天、一邊往餐廳的方向走去。

走到金黃色的太陽底下，風鈴白皙的皮膚微微映出反光。

沐浴在陽光的照射中，那溫暖的氣息，使風鈴的笑容顯得更加迷人，就像散發香氣的鮮花那樣，聞久了會使人心神沉醉。

聊到寵物興趣的風鈴，以非常快樂的態度，走在我身邊，比手畫腳地對我描述未來的願景。

……正中午的太陽，非常溫暖。

話說，陽光嗎？

我想起了「晨曦」這個筆名，晨曦就是「早上的陽光」之意。

風鈴……她就是晨曦。

此刻處於陽光下的風鈴，那散發神采的身軀，正符合這筆名的樣子。

「……」

我與風鈴，走著，走著。

走著，走著……

這時候，不知道是不是錯覺，我忽然感覺到背後有一種遭人注視的搔癢感。

於是我回頭看去。

在遙遠的彼方，某棵樹的樹蔭下，有一道人影躲到了樹幹後方，藏了起來。

那人影因為留著長髮，所以在躲藏的時候，一抹銀白色的光芒在空中晃過。

是幻櫻嗎？

我一怔。

為什麼她要默默在旁邊，注視著我與風鈴呢？

她在遊樂園裡恢復的笑容，那一句「樹先生，花開了呢」所帶來的遺憾感，還有許多我無法理解的舉動……

我不明白……幻櫻身上，有太多我不明白的事。

「……」

在這一瞬間，夢境裡那個滿臉痛苦與掙扎、朝我伸出手求救、正逐漸消散的「我」的樣子，竟然再次充斥眼前。

「晨曦……」

這是那個「我」唯一留下的線索。

可是，風鈴就在我的身旁。

她很快樂。

即使在現實世界也因為人群恐懼症而孤單的她，加入怪人社後，逐漸快樂了起來。

「……」

我忽然理解了，為什麼在陽光照射下的風鈴會如此耀眼。

因為她曾經身處黑暗，所以在踏入陽光後，那份光芒才會加倍奪目。

變得耀眼。

變得令人無法忽視。

變得……與我當年還沒找到晨曦時，憑藉想像臆測的晨曦，一模一樣。

而幻櫻……卻與風鈴恰巧相反。

與從黑暗走入光芒中的風鈴相反。

原本那個喜歡捉弄別人——對於生活樂在其中，時常露出戲謔笑容的幻櫻逐漸消失了。

取而代之的，是存在感慢慢變得薄弱的幻櫻。

就像與風鈴走在相反的道路上，擦身而過後，兩人漸離漸遠，原本處於強烈光芒中的幻櫻，現在已經踏進我無法看清的混沌裡。

……那裡面究竟有什麼，我不瞭解。

然而，即使我無法瞭解，身為我名義上的師父、身為天才詐欺師，像是從來不會失敗、也不需要別人幫助的她……應該可以獨自解決一切。

至少我是這麼理解的。

而且，夢中的我給出的提示，是「晨曦」兩字。

晨曦就是風鈴。

這句話是由風鈴親口道出，所以絕對不會有錯。

如果夢中的我用盡全力，即使在死亡過程中也拚命掙扎，就是為了提醒我必須守護晨曦的話，那我必定會將這信念貫徹到底。

「……前輩？」

走在前面的風鈴回過頭來，眼睛裡帶著一絲疑惑，對我露出友善的微笑。

原來隨著思考進行，不知不覺，我停下了腳步。

「啊、嗯！」

我趕緊追上風鈴，繼續往前走。

在往前走的同時，我忍不住回頭朝幻櫻藏身的那棵樹下看去。

由於在耀目的陽光下待得太久，我已經看不清陰影下究竟有什麼事物，甚至連樹幹的輪廓，在我眼中都顯得模糊。

一片漆黑。

在我看來……那裡已經被黑暗所籠罩，與我跟風鈴的身處之處，有著巨大、無法逆轉的明暗落差。

這種落差，讓我心裡有股不安感產生……就好像這情景在暗示某種現狀一樣。

然後內心開始恐懼。

無法言喻的恐懼。

彷彿某種心愛的東西要從身邊被硬生生奪走那樣，是一種來自潛意識的恐懼。

可是，我究竟在害怕什麼……畏懼什麼……連自身都無法知曉。

「前輩……」

風鈴溫柔的話聲傳來。

「前輩……你的手在發抖……」

明明在陽光下，我卻感覺到手掌發冷。

接著，風鈴用她小小的手掌，輕輕握住我的手。

「雖然不知道發生了什麼事，但是三號來報恩了哦！」

風鈴露出溫暖的笑容，經過一上午的聊天，她變得比平常更加大膽，紅著臉牽住我的手，兩個人一起慢慢往前走。

我們牽著手的樣子，肯定落入了身處黑暗中的……幻櫻的視線內吧？

但是她並沒有任何表示，甚至沒有讓風鈴發覺她的存在。

「……」

在徹底離開湖泊附近的範圍之前，我最後一次回頭望去。

陽光更強烈了，在這個距離，幻櫻藏身的地方，變得比原先看去時更加模糊、漆黑。

那是彷彿化為影子般……無法蘊含光明的黑暗。

決定C高中所有人生死的一戰，來臨了。

如果今晚無法戰勝A高中的話，在很短時間內，棋聖所發動的道具「詛咒草人」就會導致我們全滅。

在晶星人的宇宙船降臨前，利用最後一點時間，怪人社所有成員於社辦再次集合。

最早抵達的是桓紫音老師，第二個到的是我。

很難得看到桓紫音老師第一個到，我把這感想告訴她。

她卻哼了一聲。

「……哼，零點一，為了不讓汝對乳牛的雕像做出連吸血鬼都會感到汙穢的事，所以吾提早來這裡防守了。」

原來是我的錯啊！還真是對不起喔！

接著雛雪從我後面冒了出來，她穿著打扮清涼的豹豹套裝，才剛出現就已經是第二人格型態。

雛雪的第二人格是個喜歡用色色的話騷擾別人的變態，她那超高的顏值，也無法彌補自己是個無可救藥的色情狂的事實。

但是超乎我意料的是，聽見桓紫音老師的指責，雛雪竟然替我說話。

「老師！雛雪認為學長是不會做那種事的！」

雛雪舉手發言。

「哦？闇黑血族繪手，汝為什麼如此認為？」

桓紫音老師即興地創造新外號。

雛雪指著雕像，認真地發言：「雛雪認為呢，畢竟雕像是沒有溫度的，外殼又很硬，使用價值很低很低。學長這種既鬼畜又充滿男性欲望的人，才不會去做那種事呢。」

「「……」」

我跟桓紫音老師都沉默。

穿著豹豹套裝的少女，則繼續說下去。

「相比之下，雛雪這裡有軟～～軟～～的肉哦，學長要不要考慮雛雪一下？」

話剛說完，雛雪就把身體向我貼來，豐滿的胸部壓在我的後背上。

……好大。

「……」

我還來不及離開雛雪身旁，門口就傳來另一個人的聲音。

「咦……？前輩……？」那聲音很遲疑。

風鈴盯著我跟雛雪，露出錯愕的表情。

我張嘴想要解釋，但是有一股猛烈的力道忽然從前方傳來，並抓住了我的制服前襟。

桓紫音老師原本清秀的臉，現在看起來非常像惡鬼。她額頭碰著我的額頭，擠出憤怒的話語。

「——臭小子!!要跟女孩子嬉戲也看看場合，下次敢在開戰前這樣做，吾就把汝釘在十字架上，讓汝體內的闇黑之力流失殆盡——!!」

「呃，我沒有嬉戲……」

我試圖解釋。

桓紫音老師更氣了。

「汝說什麼!?」

「那個……我真的也沒有不看場合……」

「闇黑血族繪手，去把倉庫裡的大型十字架搬來!!」

「好——的——雛雪明白了!」

一切的元凶·雛雪，用非常快樂的語調回應桓紫音老師。

在一陣騷亂過後，怪人社裡終於平靜了下來。

最後，幻櫻也走進了怪人社。

「……」

她臉上沒有任何表情，就像舞臺上的海草背景似的，存在感相當稀薄。

但是，我注意到她眼中的寂寞……與哀傷。

那是連身為天才詐欺師的幻櫻，都無法完全掩飾的寂寞與哀傷。

為什麼妳明明身處人群中，卻如此寂寞……？

為什麼怪人社所有成員都如此快樂，妳卻這麼哀傷……？

從我與幻櫻認識的起初就是這樣，幻櫻的一切，我幾乎都不瞭解。

她卻對我瞭若指掌。

她為什麼會這麼瞭解我，這點也令人相當疑惑。

現在回想起來，當初她所交給我的，攻略沁芷柔、攻略風鈴的攻略本，乍看之下非常亂來，實際上卻設計得無比貼切，甚至連我的反應都計算在內。如果打算攻略這兩名少女的話，沒有其他更好的辦法了。

也就是說，幻櫻事先就相當瞭解風鈴與沁芷柔。

……奇怪。

……好奇怪。

不應該這樣才對，幻櫻應該是進入怪人社之後才認識風鈴與沁芷柔的，先前就算有見過面，彼此之間也不熟稔，我可以確信這一點。

但是幻櫻做到了創造攻略本的壯舉。

彷彿未卜先知的算計，對於怪人社成員超乎尋常的理解，大概也是我不斷敗於這個名義上的師父的原因。

這時候，桓紫音老師鄭重的話聲在怪人社裡響起，我的意識被重新拉回了現實中。

「也就是說……吾決定今天讓汝……汝……還有汝出戰。」

桓紫音老師指了指我，又指了指風鈴……還有……

還有幻櫻。

隨著桓紫音老師指派完三名成員，怪人社裡的氣氛，與所有社員的理解力，有片刻陷入空白。

……幻櫻？

這是幻櫻第一次被桓紫音老師派遣出戰。

不過，C高中可以派出三名成員……現在沁芷柔暫時被石化，身為插畫家的雛雪又不可能出戰，如果要從怪人社裡再挑一個戰力的話，確實只剩下幻櫻了。

所以桓紫音老師的安排，看起來似乎合情合理。

不過，理由真的這麼簡單嗎……

雖然平常怪人社的作業，幻櫻是完成度最快最好的一位，校排名卻始終只有十九，為什麼不派出菁英班其他更高排名的人呢……

太多疑惑困擾著我。

我沉默了下來，沒有問出口，桓紫音老師也沒有解釋。

「……」

僅剩的時光迅速流逝，一片漆黑的遙遠夜空中，宇宙船的光芒像流星般出現，替墨色增添了光點。

最後，在雛雪與桓紫音老師，以及所有C高中學生的目送中，我、風鈴……還有幻櫻，踏上了宇宙船。

前往決戰之地。

……A高中!!

宇宙船上，幻櫻望著窗外的景色，露出懷念的表情。

她漂亮的藍色瞳孔沒有聚焦，就像在仔細整理自己的心情似的，給人的感覺有點恍惚。

而後，時間一點一滴走過，彷彿一切的想法都宣告沉澱完畢，她緩慢地轉過視線，朝我看來。

「……」

幻櫻沒有說話。

隨著她的視線凝聚在我身上，我心裡忽然湧起一陣熟悉感。

……她的視線很熟悉。

我看過這種視線，在某處看過的……一定看過的……

我沉默下來，內心沒有緣由地開始顫抖。

接著，我突然記起之前的夢。

「……!!」

在那個夢境裡，「我」朝我撲來，用力抓住我的肩膀。

即使夢中感受不到疼痛，我依舊能感受到他迫切、焦慮的思緒。

「……………」

夢中的「我」張大了嘴巴，努力朝我喊著某些話，但似乎是受到夢境阻隔的緣故，不管他再怎麼努力嘶吼，我依舊聽不見半點聲音。

「…………………」

那個夢中的「我」，似乎也察覺我聽不見，他臉上的肌肉因為著急，逐漸變得扭曲起來。

「…………………………」

他很拚命。

就算知道自己的聲音無法傳達，依舊在拚命嘗試，試圖將想法傳達至遙遠的彼端。

我沉默地望著夢中的「我」，他已經消失到剩下半個身體了，但依舊在不斷朝我嘶喊。

夢中的我……跟現在的幻櫻，眼神好像好像。

在對比之下，我忽然領悟到這種眼神的意思。

——那是想要將話語傳達給對方，卻只能任由對方離去，默默注視著對方的眼神。不管再怎麼努力……付出了多少心血，哪怕以消逝為代價，心聲依舊無法抵達思念彼端……的眼神。

然而，夢中的我已經消逝了，在晶星人的戰敗懲罰下，歸於虛無。為什麼……你們會有相同的眼神？

「妳……」

「……柳天雲。」

太多的迷惑，太多的不解，我本來無法忍耐，正要開口詢問，幻櫻卻提早開口，呼喚了我的名字。

風鈴在旁邊靜靜聽著我們說話。

幻櫻注視著我，雙手捧著心口，靜靜地對我發問：「你還記得嗎？第一次出戰其他高中時，你寫的輕小說……《流星爆擊與九翼聖龍》。那部輕小說裡，主角無名本來是一個被放逐的可憐少年，他其實是天才中的天才，只是被村民所捨棄、欺騙、背叛，因無知而弱小，因孤獨而遍體鱗傷，在付出許多許多之後，他成為了強大的魔法師，再也沒有人可以欺負他。」

我點點頭，表示我記得。

故事的最後，是九翼聖龍為了無名而犧牲。親手將九翼聖龍推向死亡深淵……不知情的無名，孤單地、寂寞地等待著永遠不會回來的九翼聖龍。

幻櫻繼續說了下去：「即使孤單了、寂寞了，但是已經變得很厲害的無名，再也不會像當年那樣……輕易死去了，他一個人也能過得很好。九翼聖龍如果知道這一點，我想牠不會後悔；如果再讓牠選擇一次，牠依舊會選擇拯救無名。」

「……」

我沉默著，再次點點頭。

說到這裡，幻櫻露出了一絲笑容。

「後來，你與B高中的小秀策對決，寫出的輕小說是《千本魔女》。

「《千本魔女》裡所有的魔法世界正在逐漸衰亡，為了拯救自己的世界，一千名魔法少女被召喚、集中起來，藉著互相殘殺決定最後的勝利者……故事的中途，男主角曲不惜犧牲性命，拯救了夥伴莉莉絲……但是在他莫名清醒、存活下來之後，卻發現莉莉絲失蹤了。

「為了尋找莉莉絲，讓自己的足跡到達更遠的地方，於是曲不斷變強……不斷變強……最後成為無人可敵的強者。但等著他的，卻是遊戲主辦人『貝納德斯利』的無情告知，他告訴曲……莉莉絲早就已經死了，為了拯救曲，魔女莉莉絲以生命為代價，復活了曲。」

幻櫻溫柔地注視著我。

在這一剎那，我清晰記起了《千本魔女》裡的敘述——

「我的死……帶來了妳的生……」

「而我的生……又帶來了妳的死……」

「或許上天早已註定我們無法相見，生生死死……死死生生，形成了殘忍的循環。」

第一次……曲不惜生命救了莉莉絲，他的死，換來了魔女莉莉絲的生。

第二次……則是莉莉絲發現曲的死亡，不惜一切代價，反過來用生命救活了他。

曲與莉莉絲，沒有進行任何商量，卻無怨無悔地替對方付出了性命。

他們兩人之間，或許帶著點惆悵，或許帶著點感懷，但是沒有遺憾。

幻櫻為什麼在這個時候提起這兩部輕小說，原因只有她自己清楚。

但是，這兩部輕小說的劇情，不管是《流星爆擊與九翼聖龍》或者《千本魔女》，都讓我隱約感到熟稔。

不是因為是我撰寫的作品，所產生的熟稔……而是打從心底產生聯繫感。

就好像把自己的經歷寫成輕小說那樣，那種熟悉感出自靈魂深處。

幻櫻對我微笑，有短短一瞬間，彷彿又變回了從前開朗的她。

「柳天雲，聽好了，以後你不可以再放棄寫作，要繼續努力，連所有人的份一起變強……然後回到現實世界，好好活下去，知道嗎？」

「……」

我不知道為什麼幻櫻要在此刻說這種話，於是沉默。

這時候，窗外的雲霧終於開始散去，宇宙船在空中劃出一條火線後，衝到漆黑的夜空裡。

A高中壯麗、氣勢磅礴的巨大城堡，出現在地平線的另一端。遠遠看去，整座A高中的小島幾乎被白雪覆蓋，城堡也染成了銀白色。

「快要到了……」

幻櫻望著城堡說。

「這一刻……終於來了。」

我跟風鈴聽見幻櫻的話，都感到相當疑惑。

然而，思考的時間並不多。

轟隆——轟隆——

在巨大的引擎聲中，宇宙船開始降落。

降落後，門一開，就是決戰。

「……」

幻櫻忽然轉向風鈴。

在決戰開始前，僅存的最後時光，幻櫻左手忽然抓住了風鈴的手，右手則抓住了我的手，將我跟風鈴的手掌相互貼在一起，緊緊合攏。

匡啷一聲，宇宙船在震動過後，開始放下底架。

隨著大量水蒸氣冒出的聲音，宇宙船的艙門逐漸開啟，一束外界的光線，從剛剛敞開的狹窄門縫照進船艙。

光芒不斷變得刺眼，我跟風鈴都瞇起眼睛，幻櫻卻無所畏懼地直視那光芒。

接著，她站起來，往外界走去。

「……」

徹底踏出船艙前，幻櫻腳步略微一頓，半回過頭。

在無盡的光芒下，她的銀白色長髮，反映出聖潔的白光。

在這一瞬間，我的腦海再次浮現了那個夢境。夢中的「我」，拚盡性命也打算傳達某種話語的樣子，忽然在我眼前不斷放大……放大，起初如波紋狀的畫面，逐漸變得越來越清晰，最後就像突破了夢境與現實的隔閡似的，我忽然聽見了夢中的「我」……究竟在吶喊些什麼。

「快來不及了，救救晨曦——快救救她——!!」

內心的震撼，已經無法用言語形容。

為什麼……到底為什麼……那個「我」究竟想表達什麼？晨曦……風鈴她不就在我的身旁嗎？

我緊緊抓住了風鈴的手。

可是……此刻不斷產生的空虛感……與思緒的紊亂感，源頭又是從何而來？

幻櫻的視線，在我跟風鈴交握的手掌上停留了一下。

「風鈴，這個好色又傻、又遲鈍、又花心、又滿身處男味的笨蛋……」

邁步而出的瞬間，像是告別一樣，幻櫻留下了最後一句話。

「以後，就拜託妳了。」

在幻櫻踏出宇宙船的剎那，自外界傳來的光芒，也霎時變得更加刺眼。

隨著幻櫻往前邁步，她嬌小的身影消失在強烈的光中。

怪異的夢……怪異的現狀……怪異的空虛感……

為了尋求一切問題的答案，我撐起身體，快速往幻櫻的方向追去。

叮——叮——叮——叮——叮——

但是，一踏出宇宙船，耳邊就傳來怪異的嗡鳴聲，就像有一萬隻蚊子同時在耳邊飛舞一樣。

與此同時，我踩出宇宙船的第一步也跟著踏空，外界無盡的白光瞬間變成了一道漩渦，一陣強烈的吸引力傳來，將我整個人吸入漩渦中。

「……」

刺眼的光芒終於消失，我重新恢復了視力。

被吸入漩渦中的我，看見的已經不是原本的世界。

這是一個沒有任何重力，可以讓人自由飄浮在空中的廣闊空間，外形像一顆圓形的雞蛋，牆壁也是橘黃色的。

——但是。

但是，我並非孤獨的，這個空間裡還有其他人存在。

「真是狼狽啊，昔日的王者，此刻也得淪為卑微的挑戰者……哼哼哼……哈哈哈哈哈……哈哈哈哈哈哈哈——」

一名穿著綠色狩衣、頭上戴著烏帽子的少年，飄浮在不遠處，露出得意的笑容。

「陷入絕境的昔日王者啊……在你們踏出宇宙船的那一刻……就已經敗了。」

「……」我沒有理會棋聖的挑釁，而是冷靜下來仔細分析情況。

——這裡很明顯就是輕小說決戰的場地。

然而，之前的比賽都會先由晶星人確認流程，等到兩校選手一一進入骰子房間後，比賽才會正式開始。

這一次情況突然改變，背後一定有其原因。

就像上次A高中使用了道具「迎戰令牌」一樣，或許這次又是某種道具產生的結果。

棋聖悠閒地用摺扇替自己搧風。

「——柳天雲，如同老朽剛剛所說，你們踏上A高中土地的瞬間，就已經註定敗北了。

「老實告訴你吧，老朽發動了消耗性道具『一擊必殺聖劍』。在身為模擬戰的防守方時，只要有敵校的學生踏上我方校園，就可以強制將對方拖入輕小說戰鬥中。

「為了配合『一擊必殺聖劍』的效果，A高中特別解除了『轉轉城堡君』的防護罩，讓你們能更快進來，不至於被阻擋在外面。

「坦白說……老朽等著把你踩在腳下的這一天，已經等很久了，哈哈哈哈哈……」

聽完棋聖的解釋後，我停頓了一下，思考對方的用意。然後，我開口說話：

「耍一些無關寫作實力的小手段……這就是你的『道』嗎？棋聖。」

「『道』？老朽不明白你在說什麼，哼，乖乖輸掉然後等著被『詛咒草人』石化吧，柳天雲！」

「每一位輕小說家……根據追求的不同，也都有屬於自己的道路存在。小秀策的『以力壓人』之道，講究的是狠狠欺壓敗者，藉此彰顯自己的強大……而你，棋聖，你的『道』……又是什麼？」

棋聖思考了一下，接著雙手合攏在身前，兩臂縮進狩衣的袖子裡。

「這麼說來的話，老朽的『道』……大概就是『以局困人之道』。柳天雲，老朽的布局能力很強，非常強。不管你當年寫作實力再怎麼厲害，實力衰退的現在……你也只是個無力又渺小的弱者罷了……而弱者，是破不了局的。」

聽完棋聖的發言，我向他投以憐憫的目光。

「不……棋聖，你才是真正的弱者……簡直弱到不堪一擊。」

「你說什麼!?」棋聖皺眉。

我繼續說了下去。

「你弱的不是實力，而是心！所謂的輕小說家，本質簡單而純粹，以文字作劍，以筆鋒為盾，將人生的感悟化為沸騰的血液，用夢想的能量支撐起脊梁，藉此與對手交戰。

「如果連與對手正面交鋒的勇氣都沒有，那就代表你不相信自己的人生……不相信自己的夢想，你的一切都將顯得薄弱而可笑，你的『道』將被自我的盲目所束縛，越來越狹窄，最後變得寸步難行！

「所謂的輕小說家……所謂的強大，應該源於對自身的千錘百鍊，而非外力的幫助與陰謀算計！

「在你選擇外力幫助的同時，代表你已經背棄了身為輕小說家的自己……棋聖，這就是你弱小的原因!!」

我一字一句慢慢說完，棋聖身軀一震，冷靜的表情也開始扭曲。接著，他的聲音變得十分冰寒。

「柳天雲，你就只剩下喪家之犬的悲鳴了嗎？讓老朽來告訴你吧，在落入老朽的圈套時，你們就已經失去勝利的可能性。老朽所發動的『一擊必殺聖劍』，可以強制讓你們C高中三人進入對戰空間……而且，我們使用的道具不止一個。」

棋聖手臂一抬，狩衣的袖子下滑。我看見他手臂上貼著圓形的紋身貼紙，圖案是一個發亮中的燈泡。

「這是『智慧燈泡貼紙』，只能在模擬戰中使用——效果是讓三個人在短時間內，能夠模擬、複製出某位輕小說家的六成實力，不過必須先貼在模擬者的身體上一個禮拜，才能再轉交給別人使用。

「『智慧燈泡貼紙』一旦發動，在骰子房間進行決戰時，由於時間流速不同，不同場地之間將會輪流進行比賽，第一組分出勝負後，第二組才會開始決戰——但是在外界看來，所有選手似乎是同時進行比賽，結束時間也差不多。

「而『智慧燈泡貼紙』的最強之處……在於這個貼紙，一旦有同伴結束戰鬥，那第二組進行決戰的同伴，就可以獲得八成的複製實力……以此類推，第三組的夥伴將得到複製者十成的無敵戰力。」

棋聖以蔑視的目光看著我，顯然覺得C高中必敗無疑，才將這些話對我坦承說出。

聽到棋聖解釋『智慧燈泡貼紙』的效果，我反射性地想到了某種可能性，忍不住大吃一驚。

「你們三個……難道複製了『輝夜姬』的輕小說戰力？」

從之前天空投映出來的畫面中，我看到棋聖聽從飛羽的話，而飛羽又是「輝夜姬」紗羅紗的守護騎士。很明顯的，輝夜姬才是A高中的最強者。

棋聖觀察著我的反應，滿意地點點頭，顯然對自己製造出的效果相當自滿。

「當然……能複製輝夜姬大人的戰鬥力是最好的，但是飛羽大人不讓老朽這麼做，所以我們三個取得了飛羽大人的複製貼紙——擁有飛羽大人六成以上實力的我們，短時間內已經足以成為無敵的戰士，徹底擊敗你們C高中!!

「柳天雲！我必須承認曾經的你很強……強到令老朽感到恐懼，如果繼續讓你恢復下去的話，你很可能會成為另一個怪物君……所以老朽要扼殺你的存在！

「很抱歉，遇到了老朽……你已經沒有機會成長茁壯了。現在的你……輕小說的實力，最多與老朽打平，或是比老朽強一點……根本不是六成實力的飛羽大人的對手！」

棋聖像毒蛇一樣瞇起眼睛。

我知道他不是為了向我解釋，而是擅長「以局困人之道」的他，想在開戰前打擊我的信心，徹底摧毀我的戰鬥意志。

「退一百萬步講，就算你上個月又取得了巨大的進步，能勉強戰勝飛羽大人的六成實力，那又如何？」棋聖繼續說下去：「老朽早已將一切都計算在內，你們C高中總共來了三個人，所以『一擊必殺聖劍』會強制A、C兩校進行三場單挑戰！三對三的單挑戰，規則是循環單淘汰賽……必須戰勝對方所有選手，才能獲得最終勝利。

「而一旦進行單淘汰賽，就算我們輸了兩場，在『智慧燈泡貼紙』的效果下，最後剩下的那位擁有十成飛羽大人戰力的強者，也必將碾壓C高中所有人！」

循環單淘汰賽嗎……也就是說，就算我戰勝了棋聖，如果C高中的夥伴輸給了其他兩位A高中成員，我也必須再贏過那兩位擁有更強實力的恐怖戰士，才能讓C高中獲得最終勝利。

我不知道飛羽的六成實力……究竟有多強。

然而，從棋聖自信滿滿的樣子看來，他很篤定我絕對贏不了複製出來的飛羽。

「哈哈哈哈哈……嘎哈哈哈哈哈……柳天雲，聽好了！就算你僥倖贏了一場，對付過一次飛羽大人之後，也肯定心力交瘁，不可能繼續連贏下去。根據老朽的計算，A高中的勝率是百分之百！

「柳天雲，這一局……是老朽贏了!!」

棋聖哈哈大笑。他那膨脹到極限的自信，讓我心裡升起不祥的預感。

從發動「詛咒草人」的起初，棋聖很可能就已經算到了這一步。不斷埋下新的圈套，步步進逼，環環相扣，把我們的生路徹底封死。

加上棋聖見識過我不久之前的實力，像他這種擅於算計的人，肯定也將我再次進步的可能性也列入考量——如果真的是這樣的話，C高中的處境就非常危險，就像走在吊著的鋼索上一樣，只要稍微大意，C高中這個整體，就會墜入充斥死亡烈焰的深淵中。

然而。

然而……C高中不能在這裡止步。

背負著許多人的期盼、所有學生生存的渴望，一步步從墊底的吊車尾爬到第三名的位置，還沒讓C高中的所有人重新見到現實世界的藍天之前，我們必須繼續奮力前進。

晶星人降臨後，怪人社成立，這段期間所有人不斷辛辛苦苦進行修煉，這一切絕非徒勞無功。

現在的我們，比以前強很多很多。

與之前對戰怪物君時，必須直接認輸的過往已經不一樣了。

我們流下悔恨的淚水過、煩惱過、陷入瓶頸過，也痛苦過……但是，在懊悔過後，勇於直視自己的弱小，才有變得強大的資格。

正是記取了戰敗的苦悶，所以在布滿荊棘的道路上，也能毫不猶豫地奔馳，找到通往倖存之道的光芒。

除了寫作的實力之外，我連心也變得堅強了。

曾經在C高中的測驗裡得到第三名，因此絕望崩潰的我，早已消逝在下定決心的那一刻。

這一份份寶貴的記憶，也給予我繼續前進的力量，使我不斷邁向訴求的彼端。

「——柳天雲，你的敗北早已註定!!戰吧！讓老朽見識一下……你在寫作之道上，最後的掙扎與風采！」

以充滿傲氣的口吻，棋聖如此開口。

他驕傲的由來，源於他的「以局困人之道」。棋聖確實有自傲的資格，憑藉優異的算計能力和足以與「強者」一詞匹配的實力，只要給他足夠的先決條件，他能夠困死任何輕小說家。

與棋聖銳利的雙目對視，我也發出了交戰宣言。

「來吧，讓我見證你的道！我柳天雲的『本心之道』，絕不會輸給你的『以局困人之道』!!所謂的輕小說家，應該醉心於自身的強大，而非外力的算計與陰謀詭計！」

強烈的戰意，在這一刻同時化為言語，從我與棋聖的口中衝出——

「「戰!!」」

整個交戰的空間，在聽見我們兩人的決定後，開始劇烈地震起來，一陣陣霧氣從牆壁散出。

濃厚到無法看清周遭的霧氣，迅速充斥了整個世界。

接著熟悉的系統合成音再次響起：

「地球人，你們好。我是人工智慧九十九號——ＱＱＱ，很高興今天為你們這場比賽擔任裁判。」

「現在開始講解比賽規則。」

「這裡時間流逝速度相當緩慢，與外界的比例為一百比一。也就是說……你們在比賽內經過了一百小時，只等於外界的一小時。你們擁有這裡一百小時的時間進行寫作。」

「本次比賽，為『倒敘之戰』，雙方在時限內，必須撰寫八萬字的輕小說。」

「由於採用『倒敘之戰』的比賽模式，在撰寫輕小說時，禁止由開頭起步，必須由結局開始撰寫，用倒敘的方式逐漸完成整個作品。」

「請注意，比賽過程中，將有可能在迷霧內看見幻境。」

「請靜心準備，比賽將於稍後開始。」

人工智慧九十九號的解釋終了。

這一次的比賽方式，規則相當簡單，實際上卻極為困難。

輕小說家十分仰賴靈感的幫助，在寫輕小說時，往往會在途中受到啟發，不斷嘗試完善一個個構思後，才能獲得通往結局的助力。

現在卻必須由結局開始撰寫，用倒敘的方式逐漸完成整個作品。

也就是說，從最開始就必須決定整個故事的劇情與細節，這對著重於靈感突發與超展開的輕小說家非常不利。

像我這種超展開派的輕小說家，至少會被削弱三成實力。

雖然在戰鬥的起初，我就已經料到這場戰鬥會非常艱辛，但是幸運之神似乎更眷顧A高中，在題目輪盤的運轉下，正中靶心的竟然是「倒敘之戰」。

我在腦袋構思完大綱之後，就開始撰寫輕小說。

然而，才剛開始動筆不久，居然有大量迷霧向我湧來。那些迷霧漸漸產生各式色彩，眼前的世界像是壞掉的日光燈那樣，不停閃爍。

「這是……幻境……？」

人工智慧九十九號曾經說過，對戰中有可能會出現幻境。

我努力維持平常心繼續寫作，可是那些五顏六色的迷霧越來越多，像一道道牆壁那樣朝我身體開始擠壓。

漸漸地，有些迷霧鑽進我的體內。

隨著時間流逝，像是電影一樣，我眼前漸漸幻現出一幕幕場景。

我被拖入了幻境中。

身體像鬼怪故事中常見的幽靈一樣，呈現半透明狀，可以自由飛舞在空中，幻境中的人卻看不到我。

「還是陷入了幻境嗎……這裡是哪？」

我轉動視線，開始觀察周遭。

一棟棟雪白色的教學大樓聳立，建築物裡面可以看見許多學生在奔跑嬉鬧。

那些學生的模樣，都非常年輕，看起來應該是中學生。

「……A中學？」

仔細辨認他們的制服後，我認出了A中學的校徽。

不過，為什麼是A中學呢？

我在幻境裡到處飄來飄去，忽然發現某間教室特別熱鬧，那裡似乎有大量的學生聚集，不斷傳出開朗的笑聲。

那間教室的門口，掛著一年D班的牌子。

大概是因為休息時間的緣故，許多學生隨興地坐在地上或桌面，聚成一團聊天。

「哈哈哈哈……昨天那個節目你看了嗎？真的好好笑喔。」

「可惡！我不小心睡著了，網路會有嗎？我回家上網查看看！」

一個看似非常懊惱的男學生抱著頭，對好友抱怨。

「欸？真的假的，小百合喜歡隔壁班那個足球隊的男生？高高瘦瘦、瀏海染成金色的那個對嗎？」

「……嗯。」

「害羞了、害羞了……小百合好可愛！我蹭～我蹭～～」

「啊……唔……!!那個……請不要把臉貼上來……」

叫做小百合的女生臉頰被閨密用力磨蹭，忍不住出聲抱怨。

「上次也是吃漢堡吧……這次換成拉麵怎麼樣？」

「好啊！去吃漢堡！」

「放學後一起去吃點東西吧？」

兩個胖胖的男生在討論食物話題。

一切都顯得祥和而平靜，所有人不需要為了生存而煩惱。雖然晶星人降臨只是幾個月的時間，但感覺起來，與這種日常生活已經產生遙遠的心靈距離。

就在這時候，教室角落忽然傳出「砰」的一聲巨響，有一張桌子被人踢倒。

「吵死了！這樣老子不是不能好好睡覺了嗎!?」

維持著踢翻桌子的出腳姿勢，一名留著藍色刺蝟頭短髮、看起來完全是小混混模樣的男學生如此開口。

仔細一看，這個小混混的五官其實頗為帥氣，但遭憤怒的情緒扭曲之後，此刻的臉孔顯得十分猙獰。

然而，這個中學生我認識——飛羽。

雖然比起之前看過的飛羽更顯稚嫩，原本的長髮也變成刺蝟頭，鎮定的氣質改作小混混的模樣……但這個少年，肯定是飛羽沒錯。

或許這場景是從前曾經發生過的事，因為棋聖使用「智慧燈泡貼紙」複製出飛羽，導致我陷入這種幻象中。

「……」

教室內，遭到飛羽差勁的口氣對待後，所有學生都安靜下來。

因為恐懼而沒有出聲抗議，但這些中學生厭惡的心情，卻明顯而強烈，形成所有人孤立飛羽的局面。

年輕的飛羽承受不住群眾壓力，凶狠地瞪視所有人，轉身離開教室。

他的表情與語氣都充滿怨恨。

「……算了，只不過是一群沒用的傢伙。」

半透明存在的我，彷彿真的擁有了幽靈的超能力，可以直接體會到飛羽的想法。幻境的畫面再次閃爍，重新出現的畫面中，我看見了飛羽的成長歷程。

原來在飛羽五歲的時候，因為一場車禍而父母雙亡，只剩下孤零零的他一個人活著。

那之後，礙於道義與輿論壓力，有一戶親戚勉強收養了飛羽，但原本就有孩子的親戚，將飛羽視為拖油瓶，給予不公平的待遇，還常常對他冷嘲熱諷。

對於年幼的飛羽而言，那些大人是一隻隻由陰影化為的怪獸，以言語在不斷啃蝕著他的內心。

「……撿來的孩子果然缺乏教養呢。」

一次次。

「啊，那傢伙回來了嗎？把披薩收起來，免得他看到。」

一回回。

「就算他的家人沒死，也養不起這種孤僻的孩子吧？哈哈哈哈哈……」

言語的寒意流遍了飛羽全身，一直蔓延到他的意識深處。

為了不被那股寒意凍僵，為了在掙扎中尋求解脫……同時也是為了自我防衛，飛羽學會像刺蝟一樣縮起自己柔軟的弱點，將帶刺的一面展露在外。

像個小混混一樣，看到不順眼的事就動手揍人，被打擾了就高聲咆哮，以脆弱而又悲哀的「惡之殼」武裝自己，這是飛羽唯一能做到的事。

然而，惡意只會招來更多的惡意，飛羽僅有的自衛手段，在群眾的壓力下顯得如此可笑……而弱小。

人是一種群居動物，除非成為以孤獨為食糧的獨行俠，否則就會被寂寞侵蝕殆盡。

如果情況繼續這樣下去，或許有一天，飛羽就會變成真正的小混混吧？

但是，在升上八年級後的某一天，飛羽遇到了「輝夜姬」紗羅紗。

「……」

兩人的初遇，是在一間廢棄的圖書室裡。雖然這裡已經廢棄了，但依舊有些書殘存著，沒有搬走。

這間圖書室是飛羽的祕密空間，他很喜歡閱讀，因為閱讀是唯一能讓他暫時忘記現實世界的手段。

剛走進圖書室的飛羽，看見一名穿著古式和服的幼女。

幼女的和服上點綴著碎星、月紋等美麗的圖案，像月亮一樣閃爍著柔和的銀光，看起來就像神話故事中走出的古典人物。

「你也喜歡書嗎？」

從書後探出臉來，這是輝夜姬對飛羽說的第一句話。

飛羽原本對任何人防備的「惡之殼」，在幼女天真無邪的目光注視下，像大太陽下的雪一樣悄悄融化。

然而，這個轉變，連飛羽自己本人都無法察覺。

「什麼！妳也是國中生？還跟我同年紀!?騙人的吧，妳看起來這麼幼小！」

飛羽被輝夜姬的發言嚇了一跳。因為眼前的輝夜姬，那嬌小迷你的軀體、稚嫩的臉蛋，怎麼看都是小學低年級的學生。

「請相信妾身，妾身一點也不幼，而且也不小。如果還有疑慮的話，這裡有A高中的學生證可以說明身分。」

板起臉孔以「妾身」這種古樸的詞彙自稱，還穿著仿古式的和服，輝夜姬看起來簡直像從江戶幕府時代穿越過來的公主。

飛羽感受到對方言語中的真誠，一時卻無法接受事實。

「那妳為什麼穿成這樣？A中學的制服呢？」

「請原諒妾身的膽大妄為，但這是妾身的標準穿著，請您視而不見。」

「就算妳這麼說……」

就算輝夜姬這麼說了，飛羽依舊很在意。不過在對方優雅的氣質影響下，他最後還是盤膝坐下，默默開始看書。

「……」

飛羽很快看完了一本書，伸手抓向自己早就擺好的書堆，打算拿下一本書來看。可是他很快就覺得不對勁。

「奇怪，我剛剛沒有拿這本書吧？」

飛羽感到困惑，將書翻到正面，念出了標題。

「呃……《竹取物語》……」

輝夜姬保持正坐姿勢閱讀，小小的臉蛋再次從書本後冒出，認真地注視飛羽。

「妾身希望您可以看看這本書。」

「哼，老子為什麼要……」

飛羽習慣性地要發揮小混混風格，輝夜姬卻將雪白的手掌鄭重地貼於地板，美麗的頭顱也跟著低下，對飛羽行了恭敬的正座鞠躬。

那行為讓飛羽冷汗直冒，感覺彷彿成了故事中讓公主屈服正拜的壞人。

他只好拿起《竹取物語》開始翻閱。

「……」

《竹取物語》是在描述古老神話中的仙女——輝夜姬的故事。

傳說中，古時候有一對叫做竹取翁的老夫婦，他們以採竹子維生。有一天竹取翁上山時，發現某節竹子放出了亮光，裡面竟然有一個小小的女嬰，竹取翁將她當成女兒收養，後來又請有名人士替女嬰命名，於是「輝夜姬」這名字誕生了。

輝夜姬長大後，由於過人的美貌，許多男人紛紛上門求婚。在竹取翁的拜託之下，輝夜姬決定對其中五人進行求婚的考驗。她分別要這些求婚者取來「佛前的石缽」、「蓬萊的玉枝」、「火鼠裘」、「龍頭上的珠子」、「燕子的子安貝」等稀罕的東西，但是求婚者們或者敷衍、或者用假的東西打算欺騙輝夜姬，最終沒有任何人通過考驗。

之後，連天皇都聽說了輝夜姬的美名，打算迎娶輝夜姬，只是連國家最有權勢的人也沒辦法得到她的認同，輝夜姬的美名與名氣從此更加響亮。

最後的最後，輝夜姬在使者的迎接下，回到了月球，替這份傳奇劃上句點。

飛羽放下書，詢問聲跟著響起。

「我看完了，所以呢？」

輝夜姬回答：「妾身天生沒有辦法承受陽光照射，也不能像正常人一樣上課，一生只能在夜色下過活，加上父母賜予的容貌，於是從很小的時候開始……就被人稱為輝夜姬。」

「這跟妳讓我看這本《竹取物語》有什麼關係？」

「因為妾身希望能明白你的想法……對輝夜姬這故事的想法。」

「……」飛羽猶豫了片刻，但是就心理構造而言，他畢竟還是個正常的男人，所以沒有拒絕美少女提出的請求。

「對輝夜姬的看法啊……我想想……嗯，是個搶手的美少女。」

輝夜姬露出關心的表情。

「還、還有呢？」

飛羽聳肩。

「沒了。」

輝夜姬先是無法置信地瞪大眼睛，接著皺起秀氣的眉毛。即使是有點不悅的樣子，她看起來也很可愛。

「……妾身認為，如果那些狡猾的人認真完成輝夜姬的考驗，輝夜姬其實是有可能嫁給他們的。」

「什麼？」

「……總而言之，輝夜姬是一個重承諾的人才對，她之所以出難題考驗那些求婚的男人，是想看看他們的決心。」

「妳怎麼知道？那只是故事耶。」

「因為妾身也是輝夜姬。」

「……」飛羽無言。

但輝夜姬說話時很鄭重，嬌弱的身體，在這一瞬間散發許下誓言般的魄力。

她接著開口：「也就是說，如果找到了通過妾身考驗的人，妾身就願意委身於他。」

「委……委什麼？」飛羽嚇了一跳。

「就是嫁給通過考驗的人，並進行生殖行為。」

輝夜姬沒有半點扭捏，似乎這些話對她而言非常自然。

飛羽上上下下打量輝夜姬。

幾乎完美無瑕，完全無愧於「輝夜姬」稱號的美麗臉蛋。

即使隱藏在寬鬆的古式和服底下，仍可以看出纖細的腰部曲線，視線再順著下探，底下是一雙比例美好的雪白大腿。

並且，雖然是幼女體態，但輝夜姬的胸部並不小，如果以整體體型來對比的話，甚至可以說是相當豐滿。

輝夜姬注意到了飛羽目光，但她並沒有做出害羞遮擋的動作，而是任由飛羽審視。

「妾身有纏裹胸布，所以其實比目測更大。」

一向在心裡以超級小混混自居的飛羽，在輝夜姬毫無猶豫的直白言語中，露出了不知所措的表情。

但是，在聽到輝夜姬接下來的答案後，飛羽卻覺得某種程度上可以理解對方的做法。

「妾身的身體並不好，不只是沒辦法接觸陽光，一旦拚盡全力思考或者做事，就會吐血。據檢查的大夫所說，很可能沒辦法活超過二十歲……也就是說，今年十四歲的妾身，剩下的時間已經不多。」

「……」

就像神話中的輝夜姬一樣。

或許輝夜姬也是因為快要回到月球上了，才會在走之前締造許多傳奇。離開了之後，故事也能繼續在大地上流傳，讓自己沒有遺憾。

對飛羽解釋時，輝夜姬的表情很平靜，彷彿快要死的人並不是自己。

「無法踏出室外的妾身，在看了許多許多書本之後，喜歡上了輕小說，也開始動筆寫，夢想是成為輕小說家。但是，妾身如果用全力來寫作的話，病情就會加重，導致不斷吐血，直到暈過去為止。

「所以妾身嫁人的願望……與考驗，也和輕小說有關聯。」

輝夜姬說到這，忍不住咳嗽了一陣，身體真的很不好的樣子。

「……請原諒妾身的狂妄自大，但其實妾身寫輕小說的本領非常厲害，小時候用本名參加比賽的時候，只出了一半實力，也可以拿到前三名。只要有人可以用輕小說讓妾身心服口服，妾身就會把自己託付給他。」

飛羽抓了抓腦袋，身為現代人的他，還是有點無法接受神話中的理念。

「妳認真的……？」

輝夜姬則點點頭。

「是的，心靈跟身體都託付給那個人。」

飛羽聽到後搖了搖頭，覺得這傢伙簡直是個徹頭徹尾的怪人。

不過，飛羽沒有告訴輝夜姬的是，其實他從小時候開始就投稿參加寫作比賽。孤獨的他，唯有擁抱寫作這項興趣。

這麼說起來……輝夜姬的本名是……紗羅紗？

飛羽小時候參加寫作比賽時，已經注意到除了柳天雲跟晨曦之外，還有一個超級厲害的強者——紗羅紗存在。

用排除法的話，柳天雲跟晨曦每次都是第一或第二，其他還有可能拿到前三名的人，就只剩紗羅紗了。

假設輝夜姬是紗羅紗的話……她剛剛說自己參加比賽時只用了一半實力，或許……她全力參加比賽，就可以戰勝柳天雲與晨曦！

柳天雲、晨曦這兩個人，都擁有徹底碾壓飛羽的實力。但眼前的輝夜姬似乎也是同等級的輕小說家，這點讓飛羽感到非常震撼。

又看了幾本書後，飛羽起身離去。

在他即將踏出圖書室時，輝夜姬的聲音從後面傳來。

「妾身一個人看書，很孤單。」

「……」

飛羽沉默片刻。孤單這個詞彙，挑動了他的心境。

從小到大都孤獨一人的飛羽，忽然產生了找到夥伴的奇妙感受。

站在門口的飛羽，停下腳步。

「我會再來。」

那之後，輝夜姬跟飛羽常常躲在舊圖書室看書。

隨著時日流逝，輝夜姬也得知了飛羽曾經參加投稿的事。

「啊、原來你就是那個飛羽！」

「……看名字不就知道了嗎？」

「請原諒妾身的遲鈍，妾身在這方面比較笨拙。」

「……」

又過了很久很久，隨著櫻花的綻放，飛羽跟輝夜姬升上了九年級。

「吶，飛羽。妾身有個提議。」

「什麼？」

「我們來成立社團吧，輕小說社。」

「……為什麼？」

「因為妾身很無聊，二十歲就快到了，想在僅存的時間內，過得更加精彩。」

「……」

看到輝夜姬仰望空處的唯美側臉，飛羽感到心中的柔軟處被觸動了。

這個自認為是小混混的少年，第一次沒有辦法拒絕別人的提案。

在找了幾個幽靈社員補充人數後，社團申請書遞了出去。

原本應該還要有個指導老師，但輝夜姬似乎是校方有力人士的女兒，所以申請書順利通過了。

「……話說，原來妳真的是這所學校的學生啊……有點意外。」

「請收回您無禮的話，女孩子比您想像中的還要纖細，就算是妾身也會聽進心裡的。」

「那個……畢竟妳看起來很像偷偷混進來看書的小學生……」

「再說的話，妾身要生氣了。」

說是這麼說，輝夜姬卻露出了微笑。

幾天後，照著慣例來到舊圖書室的飛羽，像是想起了什麼，開口詢問：

「話說，我們只招收幽靈社員，圖書室裡一樣只有我們兩個，這樣有什麼意義嗎？」

輝夜姬聽到飛羽這麼問，小小的嘴巴嚇得張開，露出不可思議的表情。

「飛羽。」

「？」

「……飛羽。」

「……？」

「──飛羽!!」

「──!?」

連續重複了對方三次名字，輝夜姬手按著胸口，一副心痛的樣子。

「妾身……妾身沒想到你會不明白!!」

「……到底怎麼了啊？我說錯話了嗎？」

「這是寫作之道的大義！大義啊！所謂的大義，必須要有正統的身分與名譽，古時候的武士與大名為了維護名譽不惜一死，甚至會進行切腹的行為，以鮮血洗刷恥辱!!所以就算輕小說社裡只有我們兩個，我們也必須將這份大義維持下去！」

「呃……」

「你瞭解妾身的話嗎？飛羽。」

飛羽抓了抓腦袋，臉上充滿問號，但還是點了點頭。

又過了半年。

這時候，飛羽與輝夜姬的輕小說社，出現巨大的危機。

原來A中學本來就有一個歷史悠久的輕小說社，據說在三十年前就已經成立了，甚至現任校長當年也曾擔任過社長。而且現任社長就是校長的兒子，一向驕傲的校長兒子，聽說別間輕小說社的存在後，覺得無法容忍，於是派人向輝夜姬與飛羽喊話。

「證明你們有存在的價值，否則就廢社吧。我們兩間輕小說社，分別在校刊上刊登一篇輕小說，再蒐集讀者回函，哪一方能獲得比較多的讀者喜愛……就是那個月的贏家。

「校刊每個月發行一次，為了公平起見，我建議三戰兩勝制，以三個月來蒐集三次讀者回函，」

雖然輝夜姬的人脈背景也是校方有力人士，但這次對方是校長的兒子，所以他們只能依靠自身解決危機。

根據調查，社長兒子其實寫作實力十分普通，他只是將社長的身分視為一種經歷，打算做為未來升學推甄時的跳板，根本不是真心喜愛輕小說。

飛羽考慮過後，對輝夜姬說：「那間社團裡招收的成員，幾乎都是想要巴結社長的輕浮傢伙，最厲害的一個，實力也不到我的三分之一。」

輝夜姬點頭，目光十分平靜。

飛羽繼續說了下去：「也就是說，這場決戰，我們必定是勝利者！」

然而，事情的發展，並不如飛羽所預期。

第一輪校刊由飛羽參戰，在校刊發行後，讀者回函很快統計出來，校長兒子一方得到的投票數是兩千零九十四，輝夜姬一方得到的票數是四百零二。

足足差了五倍之多。

「不可能……這傢伙的輕小說文筆普通、人設拙劣，沒有任何意境蘊含在內……我怎麼可能會輸！」

手上捏著校刊，盯著對方刊出的文章，飛羽努力想維持平靜，但顫抖的手出賣了他。

與他相反，輝夜姬端坐在一張榻榻米上，手捧茶杯慢慢啜飲。

輝夜姬身上的靈氣，以及彷彿受到星辰環繞的神祕感，隨著她慢慢長大，越來越明顯。

「你沒注意到嗎？飛羽。」輝夜姬放下茶杯，「對方刊出的輕小說，不止文字而已，還跟繪畫社合作，附上了精美的插畫。除此之外，他們還不斷大力宣傳，派人到處介紹他們的作品，請大家投票給他們。」

飛羽愣了一下，「可、可是我的作品明明比較好呀！」

輝夜姬微笑，「妾身瞭解。飛羽，你是很厲害的，並不像外表那樣是個浮躁的小混混。除了偶爾會偷偷盯著妾身看之外，沒有什麼缺點。」

「誰、誰偷偷盯著妳看！才沒有那回事。」

輝夜姬做出安撫的手勢，飛羽辯解了一陣子後，終於安靜下來。

由於採取三戰兩勝制，下個月的校刊回函，如果再輸的話，這間輕小說社就得被迫解散。

為了杜絕兩個人的後路，校長兒子還放話說如果他贏了，就會派人清空這間教室的所有藏書。

飛羽不想看到那樣的事發生。

就像起始之竹那樣，在遇到合適的機緣之前，這裡是輝夜姬僅有的容身之處。

而且，對於飛羽來說，這裡也同樣重要。

在這裡，他可以不用以刺蝟般的「惡之殼」武裝自己，即使露出軟弱的一面，也不會被狠狠咬住弱點，傷得再也無法邁步前行。

「飛羽……你不用擔心。」

彷彿察覺了飛羽的擔憂，與他相反，輝夜姬卻更加鎮定。在展露微笑的同時，她身上的靈氣越來越濃，讓飛羽產生一種錯覺，彷彿看見了輝夜姬的身後，隱隱幻現出像天女般的浮空彩帶。

「這一次，妾身會親自出戰。」

於是輝夜姬開始動筆。

為了不留下任何遺憾，她沒有任何保留，全力以赴進行寫作。

但是，原本就罹患重病的輝夜姬，病情也因此惡化。

她不停寫……不停寫……但每當寫到一個段落，她就會感到頭昏眼花。足以傷到氣管的猛烈咳嗽。

令人不忍心的昏厥。

過程中，飛羽試圖搶走輝夜姬的稿紙，但在她恍若蘊含了魔力的注視中，還是把稿紙還給了她。

「別再寫了！」

就這樣，飛羽只能眼睜睜地看著輝夜姬不斷衰弱。

最後，輝夜姬開始吐血，嘴角流下了血絲，她小心地避免血滴到稿紙上。

付出了比常人多出萬倍的代價，輝夜姬才能在自己最喜歡的文字海洋裡優游。

但她游得並不快，也不久，身體越來越冷。如果在海洋裡待久了，她就會葬身於此。

她筆下的每一行文字，彷彿都是以血為墨寫下的故事。

以揮發生命做為寫作的代價，輝夜姬換來的是強大至極的輕小說戰力。

「……」

最終，校刊回函的結果出爐了。

校長兒子一方，獲得了一千八百票。

而輝夜姬一方……僅獲得七百票。

帶著一群學生親自拆除舊圖書室，校長兒子哈哈大笑，那裡已經看不見輝夜姬與飛羽的蹤影。

頂樓。

在太陽晒不到的陰影處，輝夜姬靜靜正座在那裡，如星星般燦爛的雙眸，此刻緊緊閉著。

過了不久，「砰」的一聲，頂樓的門被人踢開了。

飛羽衝了進來，在第一時間發現了輝夜姬……與她嘴角依然存在的血跡。

「為什麼!!」飛羽仰天大喊。

他質問的不是輝夜姬，而是整片天空。

「明明是我們比較厲害……明明是我們比較強……為什麼輸的人是我們!!」

那喊聲十分沙啞，帶著濃厚的悲愴與不甘。

「他們只不過是憑藉關係到處宣傳……仗著有人脈得到了繪圖社的幫助……然後隨隨便便寫出一篇文章交差，憑什麼這樣就能獲得勝利……獲得榮耀……獲得拆除我們社團的權力!!」

「……」

輝夜姬慢慢睜開了眼睛。

她對於寫作的純真與喜愛，即使敗給了外人，依舊沒有半點減少。

「……飛羽，請聽妾身一言。」

聽到輝夜姬呼喚，飛羽紅著眼睛轉過身。

他看見輝夜姬的表情後，原本幾乎要發狂的情緒，奇異地緩和了下來。

「這一次妾身會輸，是因為妾身不夠強。」

「……!!」

飛羽無法接受這樣的答案，但他忍住了反駁輝夜姬的衝動，選擇繼續聽下去。

看見飛羽的舉動，輝夜姬眨眨眼，嘴角掛起微笑。

「小飛羽成長了呢。」

「……」

接著，輝夜姬站起來，立於陰影處，望向自己無法立足的陽光下，緩慢地開口，對於自己剛剛的發言……做出解釋。

「會輸，確實是因為妾身不夠強。

「如果妾身憑藉自身的力量，強到能跨越困境……強到能超越所有人……強到能忽略對方的小手段，一切都不是問題。

「寫作之道，沒有那麼簡單。

「為了追求心目中的大義，就算不被他人所認同，即使遭惡意侵襲，也必須繼續前行，這就是吾等的宿命。」

輝夜姬說到這，一頓，接著向飛羽伸出手。

就像神話中，真正的輝夜姬在對來自月球的使者招手那樣，她全身都在散發柔和的靈光。

「但是，一個人追求大義的話，畢竟有點寂寞呢。

「……飛羽，你願意跟我一起走在那條道路上嗎？」

飛羽沉默了許久，最後走到輝夜姬面前單膝跪下，鄭重地行了一個騎士禮。

如果是以前那個自認為是小混混的他，此刻大概會覺得……自己是為了配合輝夜姬的神話遊戲，才做出這樣的行為吧。

然而，現在的飛羽，這樣的行為卻被賦予了正式的意義。

「……」

他雖然不講話，但是在幻境中做為幽靈旁觀的我，能聽見他的心聲。

……我與輝夜姬的道路，並不同。

……就算同樣是大義，大義也有本質之分。

……在遇見輝夜姬之前的我，渾渾噩噩，人生沒有絲毫目的，是輝夜姬給了我真正的目標。

……如果說，輝夜姬追求的是「大義之道」，那我……飛羽，腳下所走的，將會是「守護之道」。

……這次，已經是最後一次。我不會讓任何人再跨過我的防線，能夠觸碰到輝夜姬……不……輝夜姬公主。

……我不會再輸了。

……絕對不會！

隨著飛羽的心聲結束，幻境的畫面再次改變。

原本是稚嫩國中生的飛羽，就像在時間隧道中漫步而行那樣，從遠處緩緩走來，每一步都會長大一點，逐漸更加成熟。他的藍色短髮慢慢變成長髮、容貌變得穩重而帥氣，或許是仿效了輝夜姬，稱呼別人的詞彙也變成了古式的「閣下」。

隨著他跟從輝夜姬，寫作的實力也不斷快速成長，最後到達相當驚人的程度。

如果我、晨曦、輝夜姬當初都沒有參加寫作比賽，那此刻的飛羽……或許就會是整個寫作界的最強新星。

然後，我看見幻境中的畫面，轉換到了晶星人降臨……當時還是B高中領袖的棋聖，前來挑戰A高中的畫面。

穿著白色騎士袍，已經是高中生的飛羽，站在棋聖面前。

他們隔著一段距離，彼此感應對手的氣勢。

「閣下，很強……」飛羽先開口了。

當時的棋聖，則露出充滿惡意的笑容。

「老朽已經調查過你們的底細，如果你還是當年的實力的話，老朽將會……」

「然而……還不夠強。」

飛羽剛剛的一句話還沒說完，冷靜地打斷了棋聖的話。

這一戰，飛羽走進了骰子房間，徹底碾壓棋聖，並且用道具收服了對方，讓他加入A高中，成為A高中的第一道防線。

這一戰也奠定了輝夜姬與飛羽在A高中的地位，在所有學生眼中，寫作實力近乎無敵的兩人，就是A高中的救世主。

幻境的畫面再次晃動。

飛羽再次走過幻境中的時光隧道，變得更加沉穩，身上屬於強者的氣勢也愈漸龐大……最後，他走到我的面前。

我明明在幻境中只是一個幽靈，他也只是這裡產生的幻影，飛羽卻直接看到了我。

「……柳天雲閣下。」

「!?」我嚇了一跳。

身材高眺纖細，穿著騎士袍的飛羽，給人的壓迫感十足。

飛羽繼續說了下去：「當年的你，非常強大……A高中裡，大概只有輝夜姬公主能夠與閣下交手。」

「……」我沉默。

飛羽的幻影望向天空，彷彿想要眺望藍天，但因幻境而只能看見縹緲虛無的天花板，他慢慢收回了目光。

「很可惜……現在的閣下，與巔峰時期的實力差距太大，比當年弱了太多太多，已經不是我的對手。

「我是輝夜姬公主的騎士，是替公主斬除一切的劍——不管閣下背後有什麼理由……腳下踏著什麼樣的道，只要進攻A高中，我將會不惜一切代價……阻止閣下！

「棋聖所使用的『智慧燈泡貼紙』，擁有我的六成實力，應該足以擊敗此刻的閣下。

「所以……請閣下敗退吧。」

「！」

在飛羽說完話後，我化身的幽靈，被一股狂風捲出了幻境。

真正的我，依舊在比賽空間裡，與棋聖進行比賽。

這一戰，非常重要。

如果沒辦法贏過A高中的話，在「詛咒草人」的持續影響下……夢中出現過許多次的——C高中的滅亡場景，就會以不同的形式出現。

所以我不能輸。

不管對方有多麼強大，背後存在什麼樣的理由與羈絆，我都不能於此地敗北。

「……」

時間一分一秒流逝。

在怪人社經過刻苦的訓練，早已習慣於短時間內進行大量寫作。

然而，即使如此，在幾乎與死亡劃上等號的巨大壓力面前，握筆的右手滑過稿紙時，留下的筆跡仍存在些許顫抖。

「……」

三萬字……

五萬字……

八萬字。

終於，我完成了輕小說作品《漆黑的折翼天使》。

而過了不久，棋聖也完成了自己的作品。

接著，審判的時刻來臨了。

那是以文字做為勝利的鐵證，以雙方的戰鬥意志左右勝負，在晶星人的裁判下……所降臨的輕小說審判！

「已收到雙方的輕小說作品……請稍候……系統正在審核當中……」

「……審核完成。」

「現在由我人工智慧九十九號QQQ，來宣布這場輕小說比賽的結果。」

雙方的輕小說原稿上繳後，迷霧就消散了，我跟棋聖可以直接看到對方。

棋聖在整理扇子上的摺痕，似乎並不是很緊張。

晶星人九十九號複述著基本規則。

「本次比賽滿分為一百分，在單場比賽中取得勝利者，可以獲得繼續挑戰敵校其餘勝利者的資格。」

……也就是說，如果我贏了棋聖，就算C高中其他人都輸了，我也可以繼續挑戰其他兩名A高中學生。

人工智慧九十九號繼續說了下去：

「首先宣布柳天雲選手的成績，您的作品《漆黑的折翼天使》，獲得的分數為九十五分！」

「！」

九十五分嗎？似乎是相當高的分數。

這時候，似乎評判棋聖的輕小說也要花上一段時間，人工智慧九十九號陷入停頓。

在停頓過程中，棋聖轉頭看向我。

他聽到《漆黑的折翼天使》的分數後，表情有點變了。

棋聖思考了一下，開口：「柳天雲，還記得你上次的《亞特留斯之劍》，只拿到九十分而已……只過了一個月，你的實力竟然進步了這麼多嗎？雖然老朽不願意承認這件事，但是，現在的老朽……確實已經不是你的對手。

「看來提前扼殺你的成長，是十分正確的事。如果是當年的你……就算是現在這種必殺之局，你也能憑藉實力強行突破吧。

「幸好，現在的你……還是不夠強。

「——在你重返巔峰之前，就像你寫的輕小說《漆黑的折翼天使》這書名一樣——你驕傲的翅膀將會折斷，然後從雲端不斷墜落……墜落……最後跌得粉身碎骨！

「哼哼哼……哈哈哈……哈哈哈哈哈哈……」

以確認自己勝利的高傲角度，棋聖開始大笑。

就像要把當年無法奪冠的痛苦，一口氣返還、報復到敵人的身上一樣，他雖然在笑，給人的感覺卻充滿怨氣與仇恨。

在勝負即將揭曉的此刻，棋聖拋棄了一切算計，將感情徹底流露出來。

「柳天雲……你大概沒辦法想像吧。當年，不管老朽寫得再怎麼好……贏過同儕多少，得到的評語也永遠含帶雜質。

「『這孩子也寫得很不錯，但如果是柳天雲的話……』、『這個題材如果是柳天雲的話……』、『如果柳天雲有來參加這次比賽的話……』、『讓柳天雲來發揮的話……』──太多次、太多次、太多次、太多次了!!

「柳天雲柳天雲柳天雲柳天雲柳天雲柳天雲柳天雲柳天雲柳天雲柳天雲──!!你的名字，老朽已經聽膩了!

「晶星人降臨後，老朽打聽到你在C高中的傳聞，那時老朽終於明白了……這是我被名為『柳天雲』的烏雲所籠罩的寫作生涯，能夠去除掉所有雜質、得到完整自我的最佳機會。

「所以老朽收了有同樣痛苦的小秀策為徒弟，打算復仇……只是沒想到，A高中也有兩個恐怖的怪物存在……最後老朽輸了，進入了A高中。但是，老朽從來沒有一天忘記……你柳天雲帶給老朽的屈辱!!」

棋聖的臉上充滿冰冷的憤怒。

他在說到「老朽從來沒有一天忘記……你柳天雲帶給老朽的屈辱」這一句話時，發狂似的將手中的紙扇用力折斷。

我靜靜聽著棋聖的自言自語。

最後他鬆開手，任由斷為兩截的紙扇落地。

「還有晨曦也同樣令老朽厭惡，但是後來晨曦不見了，老朽找不到她。

「柳天雲！今天的這一局……老朽已經準備了很多年、很多年。可以說，老朽所有的智慧、一切的成長，都是為了在這一刻擊敗你……然後越過你這道牆，繼續變得更強！

「這就是老朽的……『以局困人之道』！

「你即使不認同也無所謂，老朽無論是棋藝、辛勞、苦痛、眼淚……設下的局……走過的寫作之道，一切的一切，本來就不需要敵人的認同！就像棋局裡吞噬對方的棋子，藉此換來更多的發展空間那樣——老朽只要擊敗了你，在名為『寫作』的人生棋盤上……就會是老朽的勝利！」

我望著棋聖，沉默下來。最後，我嘆了口氣。

「棋聖……你還是錯了。憤怒會蒙蔽人的雙眼，仇恨會使人失去理智……還記得你初次寫作時獲得的快樂嗎？能夠想起第一次寫出完整的文章……得到評論時的那份欣喜嗎……？失去了初衷、脫離了本心，現在的你……只不過是一具受到負面情緒操縱的傀儡罷了。

「在剛剛的幻象中，我看見你被飛羽所碾壓。現在的你，甚至要乞求飛羽六成實力的『智慧燈泡貼紙』，才有與我交戰的勇氣。

「不覺得奇怪嗎？飛羽為什麼會這麼強……而你，卻這麼弱小。因為你早已放棄了變強的可能性，將心靈放在仇恨之火中灼燒……那火，燒光了你進步的可能性，燃盡了你成為強者的決心。最後，你什麼也不剩了，腦海裡只剩下名為『柳天雲』

的陰影。

「然而，就算這一次你藉由飛羽的幫助贏了我……如同銘刻在靈魂上那樣，我的身影也會一輩子依附在你的記憶中。

「所以……你的道，錯了。」

我搖了搖頭。

「憑藉如此扭曲的道，你是沒辦法擊敗我的。」

棋聖緊緊握住雙拳，臉孔痛苦而僵硬。

就在他的意志被怒火燒到潰散之前，整個比賽空間裡，終於響起了人工智慧九十九號的聲音。

「——成績評判結束。」

「A高中的棋聖選手，您的作品《白棋裡面寄宿著美少女之魂》，獲得的分數為……」

人工智慧九十九號在這裡停頓了一下。

我與棋聖，兩個人分別有不同的心思、不同的理念、不同的寫作之道，但在這一瞬間，全都專注地聽著人工智慧九十九號的評判。

我的作品《漆黑的折翼天使》拿到了九十五分，跟使用了晶星人道具、擁有六成飛羽實力的棋聖寫出的《白棋裡面寄宿著美少女之魂》比起來……到底哪個分數更高？

時間彷彿在這一瞬間凝結了。

人工智慧九十九號的片刻停頓，在心情焦急、迫切的我感受起來，就像一個小時那麼久。

但是，隨著宣布聲再次響起，時間終於重新恢復了流動。

「……您的作品《白棋裡面寄宿著美少女之魂》，獲得的分數為……」

最終，答案揭曉。

「九十四分!!」

……

……!!

「九十四分！」

我複誦棋聖得到的分數，忍不住鬆了口氣。

棋聖則像靈魂被抽出了那樣，雙眼失去神采，臉上的肌肉卻不斷扭曲，表情變得十分猙獰。

「恭喜C高中成為本場比賽的勝者，柳天雲選手將擁有繼續挑戰其餘A高中選手的資格。」

「系統讀取中……檢查中……檢查完畢！其餘兩個決戰場地，尚未分出勝負，請稍候……」

「接下來……」

人工智慧九十九號，條例式的說明尚未結束。

「哼哼哼哼……哈哈哈哈哈……嘎哈哈哈哈哈……」

就在這時候，原本幾乎就要崩潰的棋聖，開始笑了起來，笑聲蓋過了人工智慧九十九號的聲音。

「柳天雲……柳天雲……柳天雲……柳天雲……柳天雲……柳天雲柳天雲柳天雲柳天雲柳天雲柳天雲柳天雲——!!」

他不斷重複我的名字，樣子越來越瘋狂。

「你這傢伙……是真的……想成為我棋聖一生的夢魘吧。

「但是，老朽還沒輸……還沒真正敗北！

「——我棋聖的『以局困人之道』……沒有如此膚淺，如此蒼白空洞……而又無力！將有利的條件化為棋子，以大局困人……這就是老朽的『以局困人之道』。」

棋聖慢慢彎下腰，將地上斷成兩半的紙扇撿了起來，以緩慢的語速，繼續說了下去。

「現在……老朽的輕小說的分數輸給你，人工智慧九十九號也承認了你的勝利……也就是說這一局，現在老朽的手上已經沒有棋子可用了。

「可是。」

他深深吸了口氣。

「可是——那又怎麼樣，就算老朽手上已經沒有棋子了，那也無所謂！以老朽的意志化為局勢……將生命的精華變成牢籠，最終把己身投向戰場，化為最後、也是最強的一著……哪怕付出再大的代價也無所謂，老朽將不惜一切，拚盡全力……去斬殺掉你的未來，斬殺掉你繼續變強的可能性！」

他發狂般的表情，讓人為之震撼。

棋聖說完一切後，右手高高舉起已經斷掉的紙扇。

那紙扇是木頭材質，因為被外力強行拗斷，中間有許多不規則的木刺突起。

接著——棋聖將斷裂的尖銳部分，用力刺進了自己的左手腕中。

「呃啊!!」

鮮血像泉水般瘋狂湧出，棋聖的自殘行為，顯然刺破了動脈。

但棋聖沒有停手，他將手上的紙扇拔起，再度深深刺進左手的小臂中。

「……!?」

我完全不瞭解棋聖的意圖，只能站在原地，觀望他乍看之下毫無意義的行為。

但是，整個比賽場地，緊接著響起的人工智慧九十九號的聲音，無情、徹底地給予我一切的答案。

「……%&$%%＊◎&%。」

「警告！警告！偵測到比賽場地內，有選手生命徵象嚴重低於平均值，本次比賽將強行中止。」

「由於雙方選手尚未離開決戰場地，勝負尚未成立於電腦終端，所以本次比賽結果作廢，並汰除兩位選手的參賽資格。」

「受傷人員將傳送回現實世界，進行緊急治療……傳送將於十秒後開始……十……九……八……」

好不容易入手的勝利，在人工智慧九十九號殘酷的宣布中……消逝了。

我有點恍惚，耳邊人工智慧九十九號的倒數聲卻不斷傳來。

「……六……五……四……三……」

整個決戰空間開始扭曲，漸漸亮起白色的光芒，這是傳送前的徵兆。

在傳送前最後的時刻，棋聖看向我。

他手臂上的血不斷流下，染紅了綠色的狩衣。

「老朽早已猜到……人工智慧……畢竟是人工智慧，不像真人那樣聰明，只會照程序的設計來走。

「A高中也有類似骰子房間的道具，之前在某次實驗中，老朽研究出這個強制中斷決鬥的方法。

「但是，這個方法只能用一次，排名前三的高中之間的決戰，對於晶星人來說肯定也是重要的事，事後調閱紀錄，他們就會發現這個漏洞，並立刻加以修正。

「所以……一直到了這一刻，被你逼到了絕境，老朽才用出最後的手段。

「決鬥被迫中止後，我與你都會被汰除參賽資格——也就是說，在犧牲了老朽這個出戰名額後……在『智慧燈泡貼紙』的影響下，不光讓剩下的兩名A高中學生擁有更強的戰鬥力……且能夠同時排除你……C高中的最強者，柳天雲！

「根據老朽的計算——C高中唯一生存下來的可能性，就是你……柳天雲，一口氣擊敗三名強者，然後將勝利帶回C高中，解除所有人被『詛咒草人』石化的命運。

「你明白我的意思嗎？柳天雲。」

棋聖把斷成兩截的摺扇往地面拋去，其中有半截扇子，沾染著充滿覺悟的鮮血。

接著，他朝向不斷穩定成形、發出強烈亮光的外界出入口走去。

「這一局……老朽沒有獲得勝利。但是……」

一邊走，他像是想展開扇子，卻發現扇子已失那樣——沒受傷的右手在半空中習慣性地一揮，接著停住。

隨後，棋聖的身影消失在強烈的光芒中。

同時，他的話聲往後飄來。

「但是，沒有贏過老朽的你……已經敗了。」

第四話 **全世界和我，你喜歡哪個？**

戰鬥結果已經揭曉。

經歷傳送的輕微暈眩後，我與棋聖重新出現在外界。

在外面有很多A高中的學生焦急地進行等待，棋聖一出現，他們就以期待的目光看著棋聖。

「喔喔、喔喔喔喔！你們看，棋聖大人回來了！」

「……啊！棋聖大人的手受傷了！」

「那邊靠近門口的人，醫、醫藥箱，快拿醫藥箱來！」

棋聖的臉色因失血過多顯得十分蒼白，支撐到A高中的學生面前後，終於失去了繼續行走的力量，一屁股坐倒在雪地中，讓許多手忙腳亂的女學生替他包紮手臂。

他抬頭望向天空。

天空上，此刻有兩道發出刺眼白光的巨大漩渦，正在緩緩旋轉。

「棋聖大人，漩渦代表比賽中的場地，您剛剛在進行比賽時，天空上有三個漩渦。後來您與柳天雲從漩渦中出現，它才跟著消失。」有人向棋聖解釋。

我擔憂地注視天空上的漩渦，那代表著風鈴與幻櫻的戰局。

C高中迫切需要勝利來解除詛咒，我沒有贏過棋聖，就結果來說，確實等同於敗北。

「……風鈴……幻櫻……」

現在只能把希望放在風鈴與幻櫻身上。

祈求夥伴的勝利，藉助夥伴的力量——以前那個深陷於孤獨泥沼中的我，肯定沒辦法想像這種事。

但是，現在的話，我已經不是獨自一人。

怪人社的成員，可以成為我最堅強的後盾與臂助。

「仰賴他人什麼的，是獨行俠的大忌。就像『人人人人人人人人』的定律一樣，只要夥伴背棄自己揚長而去，就會重重摔倒，傷得再也爬不起來，眼睜睜地看著昔日的夥伴去尋找更好的依靠。」

如果是當初，進入怪人社之前的我，肯定會這麼說。

然而，在名為怪人社的寫作殿堂，一次次留下蘊含了歡笑與淚水的記憶後……從謹慎前行到大踏步行走，從大踏步行走到奔跑而行，歷經無數辛酸與成長後，我們堆砌起了比城堡還要堅固的友情。即使身處漫天戰火中，只要背靠背的對象是怪人社成員，我就可以喘口氣，暫時鬆懈心防，將一切交給她們。

過去的我，時刻渴求成為獨行俠之王，因為獨行俠之王不需仰賴他人，靠著自己的力量去完成一切。

然而，如果讓現在的我再次選擇，踏在邁往不同未來的交叉路口上，與成為獨行俠之王相比，我更願意成為怪人社的成員。依賴他人……被他人所依賴，這種感覺，原來沒有想像中這麼糟糕。

「……」

天空上的漩渦旋轉速度正在加快，色澤也越來越明亮，似乎代表了決戰接近尾聲。

快分出勝負了……

如果風鈴跟幻櫻都失敗的話，C高中……將在不久之後的未來，化為充滿雕像的死亡地帶。

「不會的，那種未來……不會發生。」

像是要堅定自己的信心那樣，我喃喃自語。

幻櫻從來沒有代表學校出賽過，可能對於比賽流程會比較生疏。就我猜測，幻櫻失敗的機率偏高。

可是，我們還有風鈴。

風鈴很強……非常強，就算這幾個月我不斷拚命練習，進步幅度大到了桓紫音老師都勉為其難地褒獎我的程度，在寫作的全面性上，風鈴也依舊比我厲害一些。

也就是說，如果我能贏過六成實力的飛羽，那風鈴也有可能贏過另一名選手。

甚至——一口氣贏過剩下的所有A高中選手，這也是有可能發生的事。

「呵呵呵呵……哈哈哈哈哈……」

棋聖的笑聲忽然從對面傳來。我向他看去，棋聖的手臂已經包紮好了，虛弱地坐在地上。

「抱歉、抱歉……你那天真的樣子，讓老朽忍不住想笑。」

「……你這是什麼意思？」

「老朽看見你那充滿期待的眼神了，所以忍不住想笑。」

「……我是問你，為什麼笑！」

棋聖聽見我的問話，哼了一聲。

他從周圍的學生手上接過新的紙扇，慢吞吞地打開，先仔細檢查上面的水墨畫，才再次面向我。

「老朽看到你的表情，就猜到了很多東西——你是在期待那個紫色雙馬尾的少女……她能夠獲勝的可能性，成為了你眼中的希望。」

「……」

這傢伙好聰明。

他並不是刻意出言諷刺，而是一針見血地看穿事實。

棋聖繼續說：「然而，老朽可以斷言……那個紫色雙馬尾的少女，勝率不足一成——因為晶星人給出的比賽題目是有規律性的，會故意針對創作者的弱點，像你們這種自認為靠著實力可以碾壓一切的高手，當然不屑去注意這種事。但老朽不同，就算只是一點也好，只要能增加勝算，能夠借勢圓滿老朽的『以局困人之道』……老朽就會不惜代價去鑽研，然後將勝利收入囊中。

「題目是由ＡＩ所出，其實都有跡可循……再參考Ａ高中所蒐集的資料，老朽可以確信，那個紫髮雙馬尾的少女，要進行的不是鬼怪類就是驚悚類的題目。根據我的徒弟……小秀策給予的情報，這些題目恰好是那少女最弱的一環，只要系統給予這些題目，就算是實力遠不如她的輕小說家，也可以輕鬆打敗她。

「在你看到一步的同時，老朽已經提前看到了後面的一百步。

「而這——就是你們Ｃ高中失敗的原因!!」

以單純陳述事實的肯定語氣說完一切，棋聖坐在地上閉著眼睛休息。

棋聖的話語觸動了我的思緒。就像內臟被一隻黑色的大手猛然握住又放開那樣，心臟的跳動頻率不斷加快。「怦、怦、怦怦」的心跳聲透過胸腔，不停蔓延……蔓延，彷彿一直蔓延到我的靈魂深處，在那裡留下擔憂的銘刻。

「!!」

「你、你們看，有一個漩渦的旋轉變快了！」

這時候，有Ａ高中的學生指著某個漩渦發出驚呼。

順著他的手指看去，右邊那個漩渦果然開始急速旋轉，速度快到漩渦的中心變得十分模糊。

緊接著，漩渦發出耀眼的光芒。那光芒覆蓋了天地，取代一切光源，照亮所有人緊張的臉孔。

「上次棋聖大人與柳天雲要出來時，也是這樣的情況。難道又有比賽場地要分出勝負了？」

「啊、好像有人影開始浮現了！」

那些A高中學生說得沒錯。

漩渦中，確實緩緩浮現了兩道身影，他們被某種無形力量托住，慢慢降落在地上。

其中一個是A高中的學生，我不認識。

但另一個人……是風鈴！

「風鈴！」

我朝風鈴的方向趕去，在落地時扶住她的身軀。

接著，我與風鈴對望。

——可是。

可是，在我與風鈴對望的這一瞬間，從她美麗的眼眸中讀取到的情緒，卻是濃濃的絕望與歉疚。

「……!!」

就像被戳破的氣球那樣，原本心中滿滿的期待與希望……彷彿隨著風鈴的眼神，一口氣洩氣、消失了，代表「勝利」的氣球本體，也順著那推力，颼的一聲遠去。

「前、前輩……對不起……風鈴輸了。」

風鈴的眼角開始累積淚水。

「風鈴已經很努力很努力了，可、可是……風鈴還是贏不了，系統出的題目，對於風鈴來說好可怕……好可怕……想起了曾經被孤立的過去，想起了曾被人群恐懼症所困擾的自己……對不起……風鈴太膽小了，沒辦法克服自己的恐懼……」

骰子房間裡的時間流速跟外界不一樣，風鈴實際在比賽場地裡面身處的時間，已經過去很久很久。

直接面對心中最深的恐懼，那不願回想的過往，風鈴承擔的恐怕是難以想像的痛苦。

她因疲累而略微發黑的眼眶、因驚嚇而變得蒼白的臉色，與那深深困擾著主人的憂愁，全部都在說明她為了這一戰付出過多少心血。

我將手放在風鈴的頭上，以自己僅能辦到的、笨拙的方式安慰著她。

「……沒關係。我明白哦，風鈴妳……已經努力過了。

「失敗的事實，不會抹滅寫作之道上走過的痕跡，妳所付出的心血……所有的所有，那拚命向著光明的未來奔跑的樣子……絕對不會因為敗北而降低價值。」

隨著我的話語落下，風鈴眼裡的淚水滾來滾去。

我輕輕撫摸著風鈴柔順的頭髮，以低微的話聲，試圖替風鈴所有的苦痛畫上休

止符。

「妳已經很棒了……已經盡力了……我都看見了哦。」

「……」

風鈴緊咬著下脣，悲傷的眼淚不斷落下。

「前輩……前輩……前輩……您為什麼總是這麼溫柔……為什麼總是要對風鈴這麼好……」

最後，她將頭靠在我的胸口，小小的手掌緊緊抓住我的手臂，像是要將所有剩下的力氣放盡那樣，毫無防備地對我露出她柔軟的一面，開始放聲大哭。

「風鈴不值得前輩對我這麼好，風鈴沒有前輩想像中的那麼好……我……我……只不過是個大騙子，不顧前輩真正的心情……害怕前輩因為打擊而倒下……自顧自地替您決定一切，擅自侷限別人的未來……做出讓雙方都痛苦的決定……風鈴……風鈴……沒有資格獲得您這麼多的溫柔與關注……我……我……我——!!」

像是將心中埋藏已久的話語一口氣傾瀉而出那樣，風鈴說話的語調越來越快……然而，其中蘊含的悲傷，也越來越濃烈。

說到最後，風鈴慢慢地說不下去了。

她似乎僅剩啜泣的力氣，唯一還能代替主人傳遞話語的，是彷彿害怕我忽然離去那樣、緊緊抓住我臂膀的雙手。

——不要走！

——不要因為這樣討厭我！

透過用力到指節泛白的小手，感受風鈴柔軟的身體發出的顫抖。在這一剎那，我彷彿能夠聽見對方深深埋藏在意識裡、卻無法表白的心聲。

「……」

我輕輕抱住了風鈴。

我其實不清楚風鈴為什麼要向我道歉，但是感受到她心中無聲的吶喊後，我明白了一件事。

——那就是風鈴很孤單。

……她因憧憬我而寫作。

……因我而努力克服人群恐懼症，一個人嘗試走出小小的、僅存在寂寞的房間。

……因我而將外號取為風鈴。

「如果你是天……是雲……那我將化身為風……替您送行。」

我已經虧欠對方太多太多，而且，剛剛風鈴的啜泣與自白，我感受不到絲毫惡意與私心。就算她真的做了某種我不知道、會違背我原本道路的事，也絕對不是以自私為出發點——而是經過仔細考量後，為了對方願意付出一切，在痛苦與掙扎中……所做出的、設下必須保守祕密的決心。

然而，明明已經陷入掙扎，心靈因無盡的苦痛而哀號，甚至連原本好不容易鼓起的勇氣都已經破滅……風鈴依舊沒有對我吐露真相，選擇獨自承擔一切。

「……風鈴，妳還記得嗎？」抱著風鈴的我，在她耳邊這麼說：「之前我偷偷潛進了妳的宿舍裡，不小心撞見妳在換衣服，在攻略本的陷害下，還對妳告白了。」

「……」

風鈴稍微抬起頭來，用哭腫的雙眼看著我。

「是的，風鈴還記得……那時候風鈴答應了柳天雲大人的告白。一直以來，風鈴都喜歡著柳天雲大人。即使柳天雲大人身旁有其他女孩子也無所謂，就算風鈴只能默默待在角落也沒關係，只要能有小小的容身之處，被允許注視著您，風鈴就心滿意足。」

她已經很久沒有以「柳天雲大人」這種稱呼來叫我。我想起了很多當初的事，那些事彷彿已經發生了很久很久。

我以大拇指柔軟的指腹，輕輕擦去風鈴的眼淚，認真地說：

「既然是這樣的話，那就選擇相信我吧——同樣的，也是相信妳自己的選擇。」

「不管妳還沒說出的話語是什麼，有什麼不能親口說出的苦衷……都儘管把柔軟的一面，交給我來守護吧。

「因為，妳所選擇的『柳天雲大人』，不會這麼弱小。

「妳心目中的『柳天雲大人』，肯定不管面對什麼樣的打擊，都能重新站起來，然後變得更強、更強——更強！所以妳不用擔心，把一切都交給我，這樣就可以了。」

乍聽之下充滿驕傲的話語，其實蘊含著我這幾個月以來的所有改變。

現在的我，擁有了怪人社……擁有了大家做為後盾，現在的我，是有史以來最堅強的型態。

所以，不管風鈴隱瞞了什麼，我都可以加以包容，不對風鈴提出任何疑問。

「……!!」

聽完我的自白，風鈴整張俏臉皺了起來，發出貓咪般的嗚泣聲，眼淚不斷滾落。

最後，她點點頭，將額頭抵在我的胸膛上，輕輕開口說話。

那話聲雖然輕，卻遠比之前還要堅定。

「……是的，風鈴明白了。風鈴會把自己的一切都交給柳天雲大人。」

聽到風鈴的結論，我忽然察覺到自己之前究竟說了多麼令人難為情的話。

……如果被怪人社其他人聽到的話，肯定會被誤以為有中二病吧。

我有點難為情地搔了搔臉頰。

緊接著，我們聽見身旁再次傳來A高中學生們的騷亂。

「啊！天空上的漩渦又動了！」

「棋聖大人與柳天雲打成平手，那個少女剛剛輸給我們，也就是說，只要這邊的戰局再次取得勝利，我們A高中就贏了！」

「對了，你們聽說了嗎？這些參賽的選手，每個都擁有飛羽大人六成以上的實力呢！」

「真、真的假的？這樣子的話，我們就不可能輸了吧。」

「沒錯、沒錯……對方最強的柳天雲也沒贏，我們A高中還有什麼好害怕的呢？」

交頭接耳。

起初是悄悄話的音量，到後面，這些A高中學生的討論聲越來越大，隨著天空上的漩渦旋轉速度越來越快，他們臉上也浮現興奮。

——那是連漫天大雪也無法冷卻的興奮，其中充滿了對勝利的渴望與對和平的祈求。

在輝夜姬的庇護下，他們已經沉浸在和平裡太久。如果輸給C高中、排名下降的話，等於是再度被捲入戰亂的火焰，那麼這些人將會陷入恐慌當中吧。

我與風鈴原本維持擁抱的姿態，現在也慢慢分開，凝神觀望天空的漩渦。

……那是代表幻櫻的漩渦。

幻櫻……是C高中唯一剩下的希望了。

「前輩……」

風鈴恢復了平常的稱呼，除了說話還帶著一絲鼻音之外，已經看不出異狀。

「前輩……幻櫻她……能贏嗎？」

面對如此直接的詢問，我一時不知道該怎麼回答。

……坦白說，幻櫻在校排行戰的時候，排名都只有十九而已。

雖然平常她在怪人社的日常作業裡表現優異，但世界上有很多面對緊要關頭時就會怯場、失常的人。只有關鍵時刻能起到作用的實力，才是真正的實力。

就好像一個訓練多年的武士，即使他平常在道場的練習成績再怎麼好，如果真正與敵人廝殺時，無法發揮以往的表現的話，那一切都將付諸流水。

天空上的漩渦越轉越快，隨著時間過去，光芒也變得更加耀眼奪目。

注視著那漩渦，我緩緩對風鈴開口：「幻櫻……她從來沒有參加過對外校的比賽，加上飛羽的十成實力真的很強……恐怕……」

我沒有把話說完，但風鈴似乎已經理解我的意思，美麗的頭顱低了下去。

這時候，A高中的學生們又叫了起來。

「快看！漩渦開始成形了——!!他們要出來了!!」

果然。

果然，如A高中學生所說的，天空中的漩渦開始劇烈旋轉，速度快到中心點漸漸變得模糊，與之前風鈴出來時一模一樣。

但是……接下來的情況，卻產生了怪異的變化。

漩渦的正中心，不知道為什麼開始出現閃電，如群蛇般舞動的青色電流發出「嗶哩嗶哩」聲響，在漩渦中形成可怕的狂電層。

然後，漩渦的體積像是被閃電給猛然撕扯開來那樣，變得比原先大了十倍。

「這是怎麼回事……!!難道說……」

帶我們來的晶星人，注視著漩渦的變化，以不可思議的語氣喃喃自語。

「不可能啊……這又不是Y高中的比賽，A高中那個叫輝夜姬的少女也沒有出手……難道人工智慧出現了Bug嗎？」

他身旁的另一個晶星人十分茫然，開口詢問：「這是怎麼回事？」

第一名晶星人不太確定地回：「我也只是聽說而已……據說，如果有強大到超越系統界限的輕小說家出現，以如鬼神般強大的寫作實力……強行突破系統的一百分評分上限，那系統就會因運算過熱而出現閃電。

「Y高中那邊……有個像怪物一樣的選手，地球人似乎將他稱為『怪物君』。怪物君每一次出手，系統就會像這個樣子……出現耀目的閃電，為了與其他AI聯合運算成績，骰子房間的入口也會漲大十倍。」

像是忽然想起了什麼，他又補充道：「聽說A高中的輝夜姬也可以做到，但她不知道為什麼，很少親自參加比賽。」

那兩名晶星人的說話聲音並不大，但是在那幾乎讓眾人停止呼吸的恐怖異變下，交談聲依舊清楚地傳入眾人耳裡。

棋聖第一個反應過來。接著，他開始大笑：「哈哈哈哈，原來如此……原來如此嗎？沒想到飛羽大人已經進化到這種程度了，十成實力能突破上限的一百分，看來連幸運女神……都站在A高中這邊！」

他身邊的A高中學生，紛紛圍著棋聖，露出開心的笑容。

其中一個人發問：「棋聖大人，之前我曾經聽說，突破系統上限是很難的事，這是真的嗎？」

棋聖點點頭。

「沒錯，確實是這樣的。不過就算他沒有這麼高程度地複製出飛羽大人的實力，我們A高中的勝率也是百分之百。」

漩渦裡的閃電張狂舞動，耀眼、如天罰般的白光，已經令人無法直視。

不知道為什麼，在如此緊張的時刻，我卻想起了與小秀策對決的往事。

那時候在小秀策的言靈幻象中，我看到奇特的幻覺。

一片黑暗中，在聚光燈下，當年的我以手蓋住了臉……那動作，很像平常大笑前的姿勢。

「……」

然而……兩道清淚，卻順著指縫中流出。

我愣愣地望著聚光燈下的我，在我的打量中，當年的我慢慢放下了手掌……轉過身來，開口說話。

「柳天雲……你這個膽小鬼……你之所以常常大笑，不正是為了以笑容，藏起心中的軟弱嗎？

「而晨曦消失後，你緊接著封筆……這說明了什麼，你難道不明白？這說明了，你感到畏懼。你畏懼……如果晨曦復出了，看到現在的你，會感到無比失望，就此掉頭離去……所以你學會目空一切，選擇自欺欺人……」

當年的我，嘴角漸漸扭出笑意。

「晨曦究竟是誰，你真的猜不出來嗎？不……不是的，她就在C高中……或許離你很近……很近……只是你的潛意識封阻了探求真相的道路……你非常害怕……即使再努力，也沒有辦法到達象徵希望的彼端，因為你本質上就是個俗氣的寫手，與晨曦是註定無法並肩而立的兩類人。

「你們就像英文字母的X那樣，是兩條只有瞬間交集的直線，在錯過後，只會距離彼此越來越遠……即使相見了，也代表了……有一人離開原先的道路，放棄了本來的自己。」

當年的我，越笑越是開心，最後他開始放聲大笑。

「柳天雲，你真的不明白嗎？哈哈哈哈哈哈……哈哈哈哈哈哈哈哈哈哈哈哈哈哈哈……」

那笑聲就像被旋轉音量按鈕的擴音器那樣，不斷擴大、迴盪，笑得我心頭震動。

我試圖按住耳朵，但那笑聲卻直接在我腦海裡響起，讓人毛骨悚然。

奇怪。

好奇怪。

風鈴就是晨曦，我明明已經找到了她，為什麼會在這時候想起這件事……

轟隆！

接著，在眾人的屏息等待中，漩渦裡劈下了一道雷電，打中一棵覆滿積雪的大樹，使樹木燃燒起來。

那雷電沒有擊中任何人，卻劈開了決戰背後的真相——眾人所期盼的結果，在樹木熊熊燃燒的劇烈火光中，出爐了。

首先從漩渦裡出現的是一個A高中的男學生。

但是，與所有預備迎接他、趾高氣揚的A高中學生相反，這位參賽選手，臉部肌肉扭曲，露出恐懼的表情。

「怪物……怪物……她也是怪物……!!」

如同見識到地獄的驚恐喊聲不斷響起。

一落地就跪倒在雪地中，狂喊著沒有人聽得懂的話語，他完全失去了理智與冷靜，甚至對身為同伴的A學生產生攻擊傾向。

最後他看見了棋聖，以早已喊到沙啞的嗓子，朝棋聖發出帶著泣音的哀號。

「——那是怪物!!棋聖，你的算計……你的局……錯了……錯了，一切都錯了!!」

「……」棋聖的瞳孔凝縮。

但是，在所有人還沒有真正理解情況之前，漩渦「劈啪」一聲再次降下雷霆，有著銀白色長髮的少女，幻櫻，隨著那恐怖的聲響，就像那無盡電光的主人一樣，緩緩從空中降下。

然而，就在幻櫻出現在所有人面前的瞬間——

整個世界被撼動了。

天空上，原本自由自在的風與雪，在這一刻改變了前進的路徑，形成了雪龍捲。那雪龍捲包圍了整座廣場，發出淒厲的呼嘯聲。

連原本熊熊燃燒中的樹木都無法抵擋這股威勢，在風的剿滅下，強勢地遭到熄滅。

與此同時，幻櫻身上的氣勢不斷增強……增強……增強……!!原本感覺起來比一般菁英班學生還弱小的氣勢，在一瞬間追平了沁芷柔……接著再次不可思議地變強……超越了風鈴……超越了我……超越了C高中所有人!!

輕小說家之間，可以大致感應對手的實力，唯獨怪物君那種等級的輕小說家，只靠氣勢就足以在降臨C高中時，讓整座高中的學生都為之顫抖。

「妳……!!」

棋聖緊盯著緩緩從天而降的幻櫻，臉上充滿了驚恐，似乎想要大喊出聲，但他的呼喊迅速被雪龍捲給吞沒。

「……」

幻櫻落地，站在人群正中間。

光是存在感就足以壓倒此地的所有輕小說家……那是如老虎進入了羊群，強者對弱者所產生的絕對威壓。

幾乎所有A高中學生都開始顫抖。

在這一剎那，我眼前產生了幻覺，幻櫻彷彿正在散發強烈的光芒，那是如同太陽般強烈，讓人無法輕易生起挑戰之心……足以碾壓一切，站在寫作界巔峰的強者光華。

到了這個局面，已經沒有人會愚蠢到去詢問……突破系統分數上限的選手，究竟是誰。

「……」

這種威壓的強度……這種驚人的氣勢……當初怪物君來到C高中時，也曾經掀起如此情景。

但是幻櫻的真正實力，竟然這麼強……難道她一直以來都隱藏了實力，站在我們無法看清的高處……從容地、優雅地俯視一切嗎？

一片混亂的腦海，幾乎無法理解現狀。

但是，隨著幻櫻的氣勢不斷高漲，展現超越此地所有學生想像的驚人實力，我開始慢慢回憶起一些事。

一直以來，幻櫻在怪人社裡的定位就相當特殊……怪人社是為了對抗強大的敵校所設立，她明明校排名只有十九，既不是插畫家，也無法做為出戰選手……桓紫音老師為什麼會讓她加入怪人社呢……

……對了！桓紫音老師擁有可以偵測輕小說戰力的赤紅之瞳!!或許……老師看見了幻櫻身上的光。

桓紫音老師也從來不挑剔她的作業，還有那接近放任的態度……這一切的一切，背後的原因就是因為幻櫻那令無數敵人顫抖的輕小說戰力嗎……

還有，在與A高中交戰之前，老師吩咐我跟幻櫻去遊樂園玩，後來又下達「不准練習寫作」的命令……看來桓紫音老師她早已猜到了部分真相……她知道幻櫻出戰的話，C高中肯定能贏。

原本凌亂的線索在一瞬間被接起，但我同時又有了更多迷惘。

既然是這樣，那幻櫻之前為什麼不代替C高中出賽？

「她明明擁有與怪物君抗衡的實力，身為天才詐欺師的她又為什麼要找上我，讓我重返輕小說的世界，說要讓我去奪取女皇的願望……卻不自己出手？

「又是為什麼……起初俏皮活潑的幻櫻……到了後來，存在感會慢慢淡去，在怪人社中的身影不斷被削去……削去……就像影子一樣，變得無比薄弱……

「以及那一個個夢境，一個個幻覺……我曾經不斷夢到幻櫻……那些夢境太過寫實……就好像以前在某個地方，那些事確實發生過……

「還有……」

在幻櫻掀起的氣勢狂風中，我所有的疑問都被雪龍捲給吞噬，連我都聽不到自己的問話。

但是，那不斷冒出的無數問題中，最後升起的……是埋藏於心底最深處的疑惑。

「還有……我此刻的悲傷……究竟從何而來……」

我的問題與疑惑，被風聲徹底吞沒。

同一時間，戰勝風鈴的學生正滿臉驚恐，朝棋聖大喊。

原來，勉強鎮定下來的棋聖命令他出戰。那個學生是現在A高中唯一能夠繼續比賽的戰力——但一看到身處雪龍捲正中心的幻櫻，感受到如末日降臨般的恐怖氣勢，加上看見之前與她交手的學生崩潰的慘狀，使A高中最後的選手絕望了。

「去戰！我們A高中的選手就剩你了！」棋聖對他咆哮。

「不要、不要、不要……我不要跟她交手……會被擊垮的……會被摧毀的!!那是怪物……我們贏不了的……吶，我說，叫輝夜姬公主或飛羽大人出來對抗這怪物吧？畢竟只有怪物能對抗怪物啊……我說對吧？棋聖大人。」

露出卑微而懦弱的表情，那選手不斷回絕棋聖的提議。

棋聖越聽越是生氣，在風雪中吼道：「蠢貨！我們不能換人了，快上去打，難道你要直接認輸嗎!!」

「不要、不要、不要、不要……會死人的……會瘋掉的……會再也無法寫作的……反、反正結果都一樣，那、那我們直接認輸不就好了嗎？吶、吶？棋聖大人，求求你！」

棋聖似乎要繼續發怒，但幻櫻這時候動了。

她慢慢朝棋聖與那名選手走去。

棋聖頂著壓力，首先開口。

「老朽的『以局困人之道』，竟然會有困不住的人……老朽明明已經算到了後面的一百步，為什麼會出差錯……妳就像憑空冒出來的一樣，C高中不可能始終隱藏這種強者!!」

幻櫻淡漠地注視著棋聖。

「棋聖，你算到了一百步是嗎……很抱歉，我算到了後面的一千步。」

「妳……!!」

「所以……敗退吧。這場勝利，屬於C高中。」

「……!!」

棋聖在憤怒過後，看著幻櫻，露出思考的表情，像是想看清她的真實身分一樣。

接著，他像是想通了什麼，嘴巴吃驚地大大張開。

「老朽明白了，能無視老朽的布局，靠著實力強行扭轉局面，妳是……」

「……」

呼嘯的風雪在這時候猛然增強，將棋聖的下半句話掩蓋。

我與風鈴站在一起，努力睜開被風雪壓闔的雙眼，注視幻櫻那邊的情況。

在模糊的視線中，我看見A高中唯一剩下的選手在幻櫻面前失去了戰意，一屁股坐在地上，最後晶星人上前詢問某些話，他高高舉起雙手，似乎直接對晶星人宣布自己投降。

其中一名晶星人走到我們身邊，向我們告知C高中拿下了勝利。

原本十分害怕的風鈴，抹去眼角的淚痕，努力打起精神。

「前、前輩，我們贏了！幻櫻好厲害哦！」

「……嗯。」

我一直望著幻櫻，但幻櫻的眼神始終沒有與我相接。

……我有很多、很多事想問幻櫻。

「……」

幻櫻抬起頭，默默看著天空。

隨著交戰結束，她收起氣勢，四周也重新歸於平靜。

但她始終沒有走過來與我們會合，只是保持沉默，仰頭看著天空。

「？」

在疑惑中，我也抬頭看去。

……雪停了。

而風……捲動了殘雲。

晶星人發動宇宙船的引擎，另一人朝我們走來。

「地球人，由於A高中在決戰前預先發動了道具『影武者替身符』，這道具可以在某次模擬戰敗北後，讓排名不下降。但如果『影武者護身符』因戰敗生效了，必須繳回大多數晶星人道具做為代價，只被允許保留兩樣。

「A高中選擇保留『轉轉城堡君』與另一項道具，所以他們除了城堡之外，幾乎不剩任何道具了。

「雖然你們的排名沒有因此上升，但是你們這一次確實戰勝了A高中，所以之前對方所使用的道具『詛咒草人』會立刻失效……現在你們學校那些被石化的學生，應該已經恢復原狀了吧。」

聽完晶星人的解釋，我很快瞭解了意思。

也就是說，因為「影武者替身符」的影響，這一次的排名戰結束後，C高中依舊是第三名，卻成功解除了「詛咒草人」的危機。同時……A高中也只剩下城堡這個毫無威脅性的道具……與另一個不知名道具。

這也意味著：日後再次進攻A高中，失去所有道具庇護的A高中……如果再次戰敗，將會受到致命一擊。

轟隆隆——

宇宙船的引擎開始發動，不斷傳出巨大的聲響。

我們即將離開這裡，回到自己的家——C高中去。

「……」

所有人都已經準備回去，幻櫻卻依舊站在原本的地方，看著天空，一步也沒有移動。

然後，就在我凝視幻櫻的同時，忽然產生了一種錯覺——好像幻櫻的身影忽然變得透明了，有種距離她很遙遠很遙遠的感受，就像想撒腿往太陽奔去的夸父那樣，不管再怎麼往地平線奔跑，也永遠無法縮短與目標的距離。

那是一種怪異的透明感。

恍若……透明的除了幻櫻的身軀之外，也包含了她的存在感。

這種感覺，過去也曾經產生好幾次……

之前我一直以為是自己太累了，但為什麼現在又產生了相同的錯覺……

「……」

慢慢的，幻櫻轉過身來，她清澈的天藍色雙眸，將視線停留在我們身上。那是不帶半絲雜質的眼神，蘊含了純真與堅定，光是目光就足以懾服意志孱弱的小人物。

「果然嗎……那機器還是不夠完善，原本以為能有一年的時間……看來我還是太樂觀了。」

幻櫻的話聲很平靜。

她遙遙與站在宇宙船前的我們對話，雙方之間彷彿有一道隱形的隔閡，讓幻櫻不願走近。

風鈴有點膽怯地出聲呼喚幻櫻：「那、那個，幻、幻櫻，要走了哦，快點過來吧。」

幻櫻搖了搖頭，輕輕道：

「我的時間……不夠了，已經用盡。」

轉而將注意力放在風鈴身上，幻櫻又說：「對不起呢，風鈴，那天晚上騙了妳去怪人社。妳明明什麼都不知道，我單方面利用了妳的善良……妳曾經所渴求的身分，我很清楚，現在的妳已經不想要了，因為那不是真正的妳——」

風鈴愣了一下。

幻櫻繼續開口：「——但是，不忍見到他頹喪、難過、陷入痛苦輪迴中的妳……依舊會獨自選擇承擔一切罪惡感，藉此換取……他能生存下來的絕對保證。

「即使身為光，如果感受到的熱不屬於自己，就算得到謊言建立起的快樂，依舊會受到良心的煎熬……所以妳原本純白的羽翼會被染黑，付出與影交換身分的代價。」

幻櫻說著我聽不懂的話語，但她顯然認為風鈴可以聽懂。

忽然間，始終保持沉默的風鈴，流下了淚水。

與風鈴相反，幻櫻則是露出苦笑。

晶星人的宇宙船已經完全發動完畢，這時候船艙裡面開始傳出晶星人的催促聲。

「時間……已經不多了。」幻櫻喃喃道。

話語沁染了寂寞，在這個令人不由自主沉默的時刻，帶著一絲決絕意味，最後……幻櫻望向了我。

「弟子一號……不，柳天雲。」

「……」

撥弄著腰間的狐面墜飾，幻櫻呼喚我的真名。

「我曾經說過，在你取得晶星人女皇的願望後，我就告訴你晨曦究竟是誰。」

「……!?」

「雖然還沒有達成目標，但是就特別優待你吧，我可以告訴你……晨曦的真實身分。」

劃出一個輕微的弧度，幻櫻將手臂抬起，指向某個方向。

——而那個方向，站著風鈴。

果然風鈴就是晨曦嗎？雖然得到幻櫻的親自證實，但是不知道為什麼，就像心中被挖空了一大塊似的，胸口有某處在劇烈疼痛。

幻櫻微笑。

「她現在是晨曦，以後也會是。」

她雖然在微笑，那笑容卻看起來軟弱無力。

「不過，之後你們也不會記得這些事吧。在我消失之後，你們會忘記很多很多事……為了填補消失的地方造成的空缺，世界會自己圓滿，一切在你們眼中看起來都會變得順理成章，晨曦的存在也是。

「然後，你們所有人都會變得更加幸福。」

說完這些話後，幻櫻的身上逐漸亮起白光。

接著，出現令人震驚的一幕，就像我夢境中見到過許多次的景象一樣——從腳部開始不斷化為白色光點，幻櫻的身體竟然逐漸消散。

不是錯覺也不是幻覺——確確實實地，幻櫻在我面前開始消失。

並且，她整個人散發出的存在感，也像烈日下的冰塊那樣，在迅速消融。

「怎、怎麼回事!?」

本來我一直認為是自己太累了，所以才產生幻櫻存在感薄弱的錯覺。如今看見她的身體消散的那一刻——我心中的震驚幾乎無法形容。

我試圖接近幻櫻，卻發現自己像被施加了定身魔法，完全無法動彈。

在這一瞬間，整個世界彷彿被強行靜止。

連宇宙船的引擎聲也遭到凝固，所有人只能眼睜睜地看著幻櫻不斷消散……消散……化為純淨的白色光點，消失在虛無中。

我震驚、無能為力地注視著一切發生。

腳步……腰部……胸口……幻櫻已經快要消失殆盡，這時候，彷彿鼓起最後能說話的力氣，幻櫻笑了。

她粉紅色的嘴脣微微顫動，對我說出了最後一段話。

「對不起呢，柳天雲，詐欺師本來就是很喜歡、很喜歡騙人的，即使在最後，我也騙了你，沒有對你坦承一切。

「嘻嘻，雖然你可能不記得了，在怪人社裡，我們以前常常膩在一起玩小遊戲，那時候你總是被我捉弄，露出很不甘心的表情，說一些很中二的話，然後不斷復仇失敗。」

夢中的場景再次湧現眼前。

那個嬌小、可愛、情緒豐富的幻櫻，彷彿在這一刻從夢境中重現，重疊在現在的幻櫻身上。

「……好懷念，果然還是捨不得過去呢。那麼，在最後的最後，我們來玩一個小遊戲吧。」

幻櫻明明在微笑，眼角卻帶上了淚水。

「題目是──『幻櫻很喜歡柳天雲哦』，猜猜答案是正確還是不正確──？」

帶著招牌性的戲謔笑容，幻櫻不斷落下淚水。

「啊、你沒有辦法說出答案吧。這樣的話，又是我贏了哦！我算一下……加上這次的話，是人家第三百六十一次獲勝了。」

這時白色光點已經布滿整片天空，眼看幻櫻就要徹底消失……

「哼哼……真拿你沒辦法，那就再優待一次，直接告訴你答案吧。

「正確答案是……」

幻櫻嘴巴在光點中一開一合，卻沒有發出任何聲音。

她還沒說出的正確答案，隨著主人徹底消散，跟著被埋葬在虛無中。

——!!

悲傷、困惑、不解、震驚、痛苦，所有的情緒在此刻一口氣爆發。

但是，那情緒還來不及真正累積，整個世界彷彿開始旋轉了起來。

隨著幻櫻徹底消失，腦海中屬於記憶的那一部分，就像被粗魯的醫生拿手術刀切開那樣，不斷有畫面被分割出去。

「好！以後你就是我的奴隸……呃，就是我的徒弟了。」

「為了方便稱呼，之後你就叫做弟子一號，一切都要聽我的話，懂嗎？」

……

「我說只能往東，你不能去西；我說東西南北都不准去，你也得乖乖聽話。」

「……師父，那我就無處可去了。」

「蠢材！我的弟子一號竟然說不到三句話就使我蒙羞，你難道不會往天上飛？」

……

「你有兩個選擇。方案一，乖乖跟我來，你免費摸了美少女的胸部，什麼事都不會發生；方案二，繼續掙扎抵抗，我大叫大嚷，讓你變成眾人眼中的人渣。」

「五秒鐘內選一條路走，柳天雲！」

……

「我很想弄清楚一件事……」銀髮少女視線慢慢下移，接著道：「你的手，直到現在還放在我的胸部上，為什麼說話能這麼理直氣壯？」

「我心中無愧！」我淡然道，又是以空著的手，用力一拂袖。

「你手掌一共收緊揉了七次，我算得清清楚楚，好一個義薄雲天，好一個心中無愧！」銀髮少女漲紅了臉，也不知道是被揉胸的害羞，還是怒到氣血上湧。

……

「——接著，我們準備以挑戰者的身分，重新衝擊王座！」

——就連夢中的場景，帶有幻櫻的記憶碎片，也在不斷被分割出去。

「妳……妳為什麼亂揍人？我才剛靠近而已！」

「哼，制裁一個尾行少女的變態，這揍人的理由夠充分吧？」

「哪裡充分了啊！」

……

「什麼嘛、什麼嘛、什麼嘛、什麼嘛、什麼嘛、什麼嘛、什麼嘛、你搞什麼——！為什麼要對我這麼好!?」

「人家……我……上次在海邊明明對你很凶……明明對你說了那麼過分的話……」

「不是說自己是一無是處的人嗎？不是說自己是獨行俠嗎？那就照你平常的作風，照你對一切都置身事外的態度……不要理會我啊——!!」

……

「哼，接觸到你之後還沒被分解掉，肯定是毒抗性裝備帶來的功勞吧？」

「別把別人說得像史前細菌一樣！」

「呼姆。」

「也別用『呼姆』來打馬虎眼！」

那無數帶有幻櫻的記憶碎片，在竄出腦海的過程裡，彷彿也觸動了某種奇妙、人類無法理解的規則，在記憶碎片的流逝中，讓人隱約聽見了一陣模糊聲音。

那是我自己的聲音，那聲音彷彿來自過去，帶著無盡的疲憊與滄桑感。

就像獨處時自白一樣，那聲音很輕、很輕……

「斬斷了過去，奉獻了現在，犧牲了未來……以過去、現在、未來做為代價，換取通往悲傷之路的資格，幻櫻所得到的……是怪人社眾人表面上的無憂與快樂。

「哪怕平靜的表象下，所有人的快樂……僅是構築於悲傷之上的虛假快樂，那也夠了。

「所以幻櫻會騙過所有人，甚至連自身的悲傷也一起騙過，在哀慟的業火中，點亮眾人的一線曙光。

「另一條世界線的我啊，你果然……還是沒辦法拯救她……

「但是，你會因此忘記她的一切，獲得嶄新的開始……」

隨著最後一句話落下，我看見了——夢境中那個逐漸消散的「我」。

他對著我搖頭，最後像被風吹熄的燭火一樣，驟然消散。

「……」

然後，我的意識、眼前的所有，一切的一切……徹底陷入黑暗。

第五話 我的怪人社裡不可能會有 BITCH

……在獨行俠的世界裡，有個很有名的理論，叫做「鐵鍊論」。在獨行俠看來，人跟鐵鍊很像，不管其他環節有多頑強，只要其中某節特別脆弱，面對緊繃的壓力測試時，就會從脆弱處斷為兩截。

換句話說，一條鐵鍊……乃至一個人能承受多少打擊，端看最弱的那一環有多麼堅固。

然而，普通人即使遭到強烈的挫折，即使鍊子不幸斷了，也會有人幫忙接起，甚至是大方地將彼此的鐵鍊牽在一起，形成乍看之下無比牢固的組合。

獨行俠卻沒有那種機會。

陷入孤獨的輪迴中，獨自承擔所有的苦痛，將寂寞吞噬做為食糧，這是獨行俠度過難關的唯一方法。

意識從無盡的黑暗中慢慢醒轉。在剛剛的夢境中，我夢見前幾天寫過的輕小說內容「鐵鍊論」。

首先感到腦袋隱隱作痛，一陣陣暈眩傳來。

忍住暈眩打量周遭，四周有幾張樣式相同的床，空氣中充斥消毒水的氣味，靠近門口的桌子擺滿了急救箱裡常見的醫療用具，環境布置得相當簡潔而穩重。

這裡似乎是C高中的保健室，我躺在其中一張床上。

外界的天似乎還未亮起，也就是說，與決戰之夜的時間點大概十分接近。

風鈴坐在床邊替我削蘋果，發現我甦醒之後，關切地前傾身體。

「……前輩，您醒來了，太好了！贏過A高中之後，您似乎因為太過疲累而昏厥。」

「原來如此，我暈過去了嗎……」

「是的，獨自對抗這麼多強敵，前輩真的好厲害。不過，下次可不能這麼逞強了哦！」

「……」

她拍著胸口似乎鬆了口氣，同時也為我的醒轉而慶幸。接著風鈴恢復坐姿，繼續原本削蘋果的動作。

「如果不是前輩挺身而出的話，這次在『詛咒草人』的危機下，C高中很可能會全滅，大家都很佩服前輩哦!!」

「挺身而出……我嗎……？」

「是的，前輩是睡迷糊了嗎？明明是不久前才發生的事情呢。」

與風鈴交談過後，我逐漸瞭解究竟發生了什麼事。

與A高中的決戰之夜，由於沁芷柔遭到石化，只剩下我與風鈴兩人出戰對抗A高中——在棋聖使用了「智慧燈泡貼紙」之後，許多複製飛羽戰力的高手強勢登場，我們陷入了苦戰。風鈴第一個遭到擊敗，而我則頑強抵抗，戰勝所有敵人，拿下最後的勝利。

雖然A高中付出失去絕大部分道具的代價，導致排名不下滑，但C高中依舊達成解除「詛咒草人」威脅的目的。

然而在決戰結束後，我似乎因過度勞累而昏迷。

「暈倒了……我嗎？」

……跟風鈴一起去挑戰A高中，記憶中是有這麼一回事。可是回憶起來……卻非常模糊，就像透過搖晃的水面審視東西似的，根本記不清楚。

大略來形容的話，記憶裡只剩下「我跟風鈴戰勝了A高中」這個既定內容。除了與棋聖對決時撰寫《漆黑的折翼天使》這部輕小說之外，我不記得寫過其他輕小說。

打倒了棋聖，對方也還有剩下的戰力……我們是怎麼贏過其他人的？

跟其他人比賽時，我寫了什麼輕小說？

完全想不起細節。

就像前幾天寫過的「鐵鍊論」，我能輕易複寫出來一樣。如果真的進行大型寫作比賽，再怎麼說，對於當時的輕小說作品，我也該有印象才對。

……彷彿是播放影片時，直接從「與A高中決戰的前夕」直接跳到「A高中決戰結束，戰勝對方」的結果般，沒有絲毫印象殘留。

就好像根本沒有發生過那種事一樣。

聽著風鈴的解釋，我漸漸明白之後發生的事。

我暈倒之後，宇宙船載著我們回到C高中。隨著風鈴向大家說明情況，在風鈴落敗後、獨自抵抗A高中的我……成為眾人眼中的英雄。

「英雄……嗎……？」

自語著陌生的詞彙，不真實的光景在意識中產生恍惚。

過去C高中的大多數學生，幾乎都將我視為攀附怪人社的狡詐人物，是竊取掌聲的小偷，認為我實際上毫無實力……但是，現在的情況相反了。

當初那些對我露出刻薄嘴臉的傢伙，如今卻反過來將我捧上了「悲劇英雄」的高位。我過去因不擅交際而產生的沉默，原本是他們攻擊我的最大理由——現在也被解釋為強者獨有的高傲。

尤其是曾經與我同班、長相輕浮的某個金髮男生，他與跟班兩人在大力宣傳我的事蹟。

「喂喂……大家不用覺得驚訝吧？怪人社那種聚集大量寫作高手，厲害～～到讓人幾乎無法想像的地方，既然柳天雲能一直待在裡面，那他的實力肯定很強啊！」

跟班比出誇張的手勢，在一旁附和他，「說得沒錯說得沒錯！」

像是打算掩飾自己過去的錯誤判斷，以毫無羞恥感的態度，金髮輕浮男不斷宣揚我的事蹟。

「其實我早就認為柳天雲很厲害了，大家還記得他被A高中針對的事情吧？其實那時候我們是為了避免柳天雲真正的實力被發現，為C高中留下關鍵戰力，才刻意散播對他不利的謠言啦！」

跟班雙手扠在胸前，露出了不起的樣子用力點頭。

「就是這樣就是這樣！」

「……那些傢伙還真敢講啊。」

聽到那些傢伙的行為，我有點不爽。

「嘛、嘛……」苦笑中的風鈴，對我比出安撫的手勢。

聽著風鈴轉述現在C高中的情況，就像天上掉下來的蛋糕那樣，突然的轉變讓我有些不知所措。

即使在保健室也能聽見校外傳來一陣陣的歡呼，被「詛咒草人」變成石像的學生已經全部恢復原狀，如今正連夜舉行慶祝宴會，沁芷柔是這場宴會的主角。

歡樂的煙火聲。

愉快的笑聲。

許許多多的聲響傳入耳中，但不知道為什麼，那股歡樂無法傳遞到我的內心深處。

風鈴將削好的蘋果遞給我。

「……」我看著風鈴。

風鈴……也就是晨曦，在晶星人降臨後，風鈴與我相認，後來為了對抗其他學校，我們一起加入怪人社。

晨曦的存在，對我的寫作生涯產生了決定性的影響，甚至可以說是大恩人——所以我非常珍惜與晨曦之間的關係。

一切都顯得順理成章，所有過去的疑惑都得到了答案。

這時候，剛醒轉的暈眩逐漸變得輕微。

凝視著手上的蘋果，不知道為什麼，遲疑開始在心底悄悄滋生。

蘋果……似乎……某人很愛吃蘋果……

像是主機嘗試讀取遭到刮壞的光碟似的，一束模糊、無法凝聚的光影在我心中潰散開來。

似乎察覺我的異狀，風鈴關切地詢問：「……前輩？」

「……」搖搖頭將多餘的情緒甩開，為了不讓風鈴擔心，我對她露出一個微笑。

然而。

然而……這一切的一切，對我而言，依舊太過茫然，就好像一場夢……

一場，建立於虛無之上的美夢。

決戰之夜的隔天，放學後，我依舊走向怪人社，打算去參加社團活動。

已經恢復原狀的沁芷柔，像是為了補足之前的落後那樣，很早就來怪人社自習了。

察覺到開門的聲響，沁芷柔視線與我接觸，接著不太自在地避開目光。

「嗯……」

「？」

「嗯……那個……」

「？？」

沁芷柔十指交點，似乎欲言又止。

我往自己的座位走去，就在我拉開椅子的同時，終於下定決心的沁芷柔向我開口。

「那、那個，謝謝你！上次你不是跟狐媚女一起去A高中參加比賽嗎？聽說你後來累到暈倒了。」

驕傲的沁芷柔平常大概很少有練習道謝的機會，語氣聽起來非常彆扭。

但即使感到難堪，沁芷柔依舊勇敢地表明心意。

「啊、啊啊……你可別誤會了哦!!本小姐只是因為被救了過意不去，所以勉為其難地感謝你一下，你千萬不要期待故事裡那種『勇者拯救了公主、所以公主投懷送抱』之類的劇情會發生!那是絕、絕對不會發生的喔!!」

……如果說話方式直白一點就更好了。

不過，這也是沁芷柔可愛的地方。

「喀啦」一聲，怪人社的大門再次被推開，風鈴走了進來。她一拂髮絲，露出溫婉的笑容。

「前輩……芷柔……午安。」

「哼，都已經是黃昏了耶，狐媚女，一點也不午安。」

「欸……那麼……晚安？」

「……也一點不晚安好嗎？」

「那、那？」

兩名少女交談了幾句，沁芷柔似乎也想對風鈴表達謝意，但是平常不斷以「狐媚女」、「妳這糟糕的 Bitch」形容對方的沁芷柔，要道謝的難度比起我更高。沁芷柔視線飄來飄去，也不停轉移話題，始終無法表達真正的想法。

後來，她終於對風鈴道謝，可是時間已經過去了十五分鐘。

「妳可別誤會了哦!啊啊……本小姐可是……」

即使如此，沁芷柔也要擺出了不起的樣子，說場面話來挽回尊嚴，真是從語氣到個性都充滿彆扭的傢伙。

不久之後，雛雪也走進怪人社，桓紫音老師在雛雪之後抵達。

老師站到教室的最前方，毫無教師風範地一屁股坐在講臺上。

接著，桓紫音老師環顧整間教室，照慣例先檢查自己的學生有沒有到齊——如果缺人的話，她就會叫我這個免費的最底層血族去找。

「……哦哦，很好，大家很準時。」

像是以眼神一個個點名那樣，桓紫音老師的視線掃過我……掃過沁芷柔……掃過風鈴……掃過雛雪……

然後停頓下來。

「到齊了，開始上課。」

「詛咒草人」帶來的生死決戰，曾經一度讓C高中凝聚起高度緊張的氣氛，但是在危機解除後，眾人繃緊的神經逐漸放鬆下來。

如果始終保持警戒狀態的話，任何人都沒辦法承受吧。

有緊張的時候，也有鬆弛的時候，這才是維持健康的理想方式。

慢慢的，校園裡重新響起了學生的笑聲。

「……」

而且，隨著「悲劇英雄」的名聲傳開，現在所有人看向我的目光都變得不一樣了。

甚至會有人主動來找我攀談，其中也包括女孩子。

上次與怪人社之外的女孩子、被不帶冷淡地接觸的時候……是多久以前？

哼，可別小看我柳天雲的記憶力，那是連小學都無法就讀的年紀，大概四、五歲時候的事了吧。

但是這種事情，記得越清楚，也越能清楚地認知到自己的悲哀。

四、五歲的時候，我常常去住家附近的國小堆沙堡。不過，動物的血液裡天生埋藏著占據地盤的喜好，附近有幾個自私的小鬼時常想要獨占沙坑，於是我們雙方就以「時間內比賽堆沙堡」來決定當天沙坑的使用權力。

由於我是落單的那方，堆沙堡比賽時常輸給對方，後來在一個同樣是落單的女孩子加入了我的陣營後，情況才慢慢好轉。

後來不知道為什麼，那個女孩子就不再來沙坑了，我又成為孤零零的一人。

「學長、柳天雲學長！你怎麼在發呆？在想什麼呢？」

此刻以「學長」來呼喚我的並不是雛雪。走廊上，有一群學妹攔住了我的去路，她們彼此對望，忽然一起笑了起來。

「小桃，是妳說要來找柳天雲學長的吧，有什麼話要對學長說的？快快快，不然學長要離開了哦！」

「欸～～！哪是我呀！明、明明是大家一起說要過來的不是嗎！」

這些青春期少女的言行中帶著羞澀，開始互相推卸責任。

我相當瞭解，這些女孩子不過是因「悲劇英雄」的名氣聚集而來。就像欣賞動物園新奇的動物那樣，她們想看看我柳天雲跟其他人到底有什麼不一樣——那是好奇遠大於愛慕的常見心理。

好不容易擺脫了這群學妹之後，我踏進了怪人社。

「……真是受歡迎呢，學長？」

沁芷柔坐在位置上，手臂屈成了V字型，以手掌撐著下巴望向窗外。她以相當刺耳的語氣，模仿剛剛那些女孩子的說話方式。

而風鈴則像受到委屈的小動物那樣趴在桌上，將臉孔埋進了臂彎中。

我輕輕咳嗽一聲，接著表明立場：「我對那些人並不感興趣。」

沁芷柔哼了一聲，「可是你明明很開心的樣子，受歡迎的滋味肯定讓你全身充滿了幸福感吧！別忘了你有兩個名義上的女朋友哦，在輕小說裡你這個行為就叫『NTR』哦！你這花心的笨蛋!!」

NTR是動漫界的一種術語，簡單來說就是「背叛戀人」的意思。

我還沒解釋，一直靜靜坐在旁邊的雛雪卻對沁芷柔豎起繪圖板。

「數量錯了，是三個，雛雪也算一個。」上面如是寫道。

滿臉不爽的沁芷柔與面無表情的雛雪對望。

接著兩人開始吵架，雖然一個用筆寫，一個用嘴巴說，戰況卻十分激烈。

等到桓紫音老師進入教室，一人頒發一個手刀結束戰局，那又是之後的事了。

總之，跟外界一樣，怪人社裡的氣氛逐漸恢復熱絡。

在不斷努力下，沁芷柔也補上了落後的教學進度。

一切都重新上了軌道，除了下個月的模擬戰之外，似乎暫時已經沒有需要擔心的事。

「嗚啊……吾明明身為尊貴、血脈純淨的吸血鬼皇女……麾下的血族卻全部是一些胸大無腦的笨蛋……吾……對不起自己高貴的血脈啊!!」

「那、那個……老師，您把風鈴也算在裡面了嗎？」

「當然。」

「咦咦……!!」

「等等、老師，妳怎麼可以把本小姐跟 Bitch 一號、Bitch 二號相提並論，這怎麼想都很奇怪吧!!」

「血族日後該不會就此破滅……此乃吾道之悲……吾道之悲啊！等等……原來如

此……天上那些神祇的走狗……再度把爪牙伸向了這裡，試圖以神聖的力量滅絕一切，所以才造成這些影響嗎……難怪現在已經沒有人信奉闇黑教義……那些狠毒的神祇走狗!!」

「雛雪認為即使沒有神祇的走狗，老師的宗教也會自己破滅的。」

雛雪畫了一隻美式卡通畫風、眼睛裡被打上「X」的吸血鬼。

「──呃啊啊啊啊啊啊!!竟敢用筆褻瀆高貴的血族，吾絕對不會原諒汝！」桓紫音老師抱頭大叫。

教室裡嘈雜的聲音，根據經驗，大概還要持續十分鐘以上才會平靜下來。

趁著空閒，我望向窗外，遠處可以看見蔚藍的大海。

在明媚的陽光照射下，大海反射出耀眼的波光，時而有飛魚躍出水面，一切都顯得祥和而寧靜。

……與以前相比，我已經不是孤獨一人了。

與曾經僅能行走於獨行俠之道的自己相比，現在的道路更加開闊，長度也在不斷延伸──如果窮極視線，最後將會看見嶄新的景色化為幸福。如果這幸福……可以用放大鏡檢視的話，那怪人社大家的身影，肯定就在其中。

這幸福對我而言得來不易，所以我十分珍惜。

「得來不易……嗎？」

在怪人社眾人吵吵鬧鬧的聲音裡，我細微的低語被海風所帶走，遠遠送了出去。

過了幾天，放學後。

我照慣例走進怪人社，卻發現裡面有一個陌生的少女。

今天依舊是寒冷的一天，陌生少女卻穿著一點也不保暖的露背毛衣。

那是一件幾乎露出整個背部，僅遮擋前半身的毛衣，藉由脖子處交錯的蝴蝶結勉強固定，側乳也若隱若現，看起來十分性感。

更要命的是，少女下半身沒有穿任何類似裙子、褲子之類的下著，仰賴布料稀少的毛衣遮擋至大腿根部，但幾乎九成以上的腿部都露了出來。

「……？」

聽見我的腳步聲，少女回過頭，以她的愛心眼注視我。

「啊、學長！」

看到那標誌性的愛心眼，我才終於確認對方的身分。

「……原來是雛雪嗎？」

「學長您那超～～級～～遺憾的語氣是怎麼回事？對精心打扮希望受到稱讚的女孩子來說，這是非常失禮的事情喔!!」

「……」

雛雪整個人轉了過來，氣鼓鼓地吹起臉頰。

之所以沒有在第一時間認出雛雪，是因為她沒有穿著習慣的動物玩偶裝。

除此之外，她的髮型也做出了改變，平常披散而下的長髮，此刻紮成了垂落的單馬尾，藉此露出更多背部。

在我打量對方的同時，雛雪發出了抱怨。

「您有在聽嗎！為了更完美地搭配這個形象，雛雪還特地先轉換成可以說話的人格才過來呢!!」

「好、好……我錯了。」

「……雛雪不想聽道歉。」

「呃……那妳想……？」

雛雪氣得滿臉通紅，右手快速從空中揮過，激動地發言。

「是稱讚啦、稱讚！剛剛不是已經說過了嗎!!」

「喔、喔喔……是稱讚啊……我想想。」

一秒過去。

兩秒過去。

三秒過去。

平常組合句子時，隨隨便便就能用五種以上不同詞彙的我，此刻卻感到言語貧乏。

最後從我口中吐出的，是語氣有點生硬的話。

「啊、啊哈哈……今天的打扮真是可愛呢，雛雪！」

雛雪露出無法置信的表情，臉色蒼白地慢慢後退。

「……身為一個厲害的輕小說家，竟然這麼隨便用糟糕的臺詞敷衍雛雪，嗚～～呃～～!!雛雪受傷了喔！絕對受傷了！啊、雛雪摸不到自己的心跳了，一定是因為雛雪的心被學長的言語炸彈破壞得歪八扭九、慘不忍睹的緣故！」

其實那一句成語是「歪七扭八」，但我沒有繼續刺激雛雪，明智地選擇沉默。

雛雪看我不說話，立刻追擊。

「等一下大家都來了之後，雛雪會向所有人報告這件事，說學長破壞了少女全身上下最純潔的那一部分。」

我嚇了一跳，想到其他人聽到這件事情後，為了解開誤會我必須付出的代價，就忍不住冷汗直冒。

身為一個獨行俠，應該熟練地掌握避開陷阱與泥坑這幾項技能，但現在身後有人正伸出魔爪、打算把我往最可怕的地方推去。

……算算時間，怪人社的其他人，應該也快到了吧？

為了不讓獨行俠之道就此走到終點，我必須在事情變得無法挽回之前，讓雛雪消氣才行。

於是我乾脆地致歉。

「不好意思，剛剛是我錯了。」

「……」雛雪安靜了一下，接著說：「雛雪感覺不到學長的誠意，剛剛的行為與其說是道歉，不如說是打算避免後遺症的產生。」

好、好敏銳。

這傢伙平常無口人格時看起來眼神呆呆的，寫字也不快，似乎很遲鈍的樣子，沒想到心思竟然這麼細膩。

雛雪走到我面前，把臉貼著我。在這個角度，不管是不是刻意，我都無法避免地觀察到毛衣勾勒出的胸部弧度。

……好大。

進了怪人社後，雛雪的身材似乎越來越好了。

「……所以說，雛雪要看到學長的誠意。」

距離實在太近了，我甚至能看見雛雪瞳孔中自己的倒影。我有點無法承受地避開目光，只能狼狽地把注意力集中到話題上。

「誠、誠意？什麼誠意……？」

雛雪以行動回應我的話語，從背後拿出了一小疊字卡，向我亮出上面寫的字。

……還真是準備齊全，我是不是中了這傢伙的圈套？

那些字卡總共有四張，第一張上面寫著「請幫幫我」、第二張是「解答對嗎」、第三張是「乳膠製品」、第四張是「可以合格」。

請幫幫我……解答對嗎……乳膠製品……可以合格……？

每個都是零零碎碎的單字，完全看不懂這些字卡的涵義。

雛雪解釋：「學長，請您對第一個靠近社辦的怪人社成員，念出字卡上面的內容。」

「……」

「請不要用懷疑的眼神盯著雛雪看，雛雪為了修補與學長之間的關係，也是很努力在想辦法的。」

「……好吧。」

只有這麼簡單的要求，如果我拒絕了，似乎顯得不近人情。

加上雛雪用相當期待的表情盯著我看，更讓人感到壓力倍增。

於是我開始等待第一個怪人社成員靠近。

過了五分鐘。

我聽見走廊上響起「咚咚咚」的腳步聲。

終於來了嗎……為了維持吸血鬼皇女的威嚴，桓紫音老師通常最慢抵達，所以現在來的不是風鈴就是沁芷柔。

只是，不管這個人是誰……接下來只要向對方念出字卡上的詞彙，想必就能獲得雛雪的原諒吧。

「學長，請去走廊上攔截對方，與對方單獨交談。」

就在這時候，雛雪又補充了新的命令。

「喔喔……」

真是麻煩，但我還是答應了。

我正要拉開社辦大門走出去，這時雛雪卻搶走了我手上的字卡，像撲克牌洗牌那樣把字卡的順序快速打亂。

雛雪一邊說，一邊把字卡重新交回我的手上，「這裡有四張字卡，請學長按照順序念出第一張字卡的前半段、第二張字卡的後半段、第三張字卡的前半段，還有第四張字卡的最後一個字。」

似乎越來越麻煩了。

但隨著走廊上的腳步聲越來越接近，我只好趕緊開始執行計畫。

手中捏著字卡，我來到走廊，直接面對目標對象。

對方擁有一頭柔順的金髮，以及不管從哪個角度看，都無法挑剔的可愛臉蛋。

……是沁芷柔。

她在走路時，也一邊揣摩著某個角色的說話方式。

「那個……我有話跟妳說。」

以隨便編織出來的藉口叫住對方，我跟沁芷柔都停住腳步。

「啊啊？」

似乎是因為設定角色受到打擾，金髮美少女對我回以相當不悅的聲調。

為了避免沁芷柔起疑，我將字卡藏在手中，打算快速念出上面的字來蒙混過關。

可是，由於順序被雛雪打亂了，我必須偷看才能知道要先念哪張字卡。

我看看……

第一張字卡「可以合格」。

第二張字卡是「請幫幫我」。

第三張字卡是「乳膠製品」。

第四張字卡是「解答對嗎」。

我分別必須念出前半段或後半段，依照雛雪所有的要求來念出的話，那就是……

對著開始不耐煩的沁芷柔，我念道：

「可以……幫我……乳膠……嗎？」

「欸？欸欸!?」

在我意識到自己究竟說了什麼糟糕話之前，沁芷柔已經猛退兩步，雙手護住自己高高聳起的胸部。

她原本的不耐煩、不悅等情緒瞬間消散，取而代之的是明顯可見的慌亂。

「那、那個……你是認真的嗎!!我們只是名義上的男女朋友，還沒真正開始交往哦！乳……乳……乳什麼的，現在就提出這種要求，怎、怎麼想都很奇怪呀!!」

在察覺沁芷柔異樣反應的同時，我的腦海才真正將剛剛那幾個詞彙組合起來——瞭解自己先前的發言，完全是重度性騷擾。

沁芷柔整張臉都紅了，因慌亂與害羞而泛起的紅潮，一直蔓延到耳根的盡處。

「再、再怎麼說，那種事情也得排在告白之後吧!!喂！你有在聽嗎？」

「那個……呃……其實事情不是這樣的，我……」

沁芷柔打斷了我的話。

彷彿為了自己剛才的慌張而感到羞恥，好強的自尊心急於取得上風那樣，沁芷柔的話語整串黏在一起。

「啊、啊啊……不是這樣而是那樣對吧？青春期男性擁有旺盛的性慾，在輕小說中這也是常見的設定，我也不是不能理解、不如說本小姐完全可以認同你的想法，而且像本小姐這種身材好、長得又可愛、一切都是那麼優異的超級可愛美少女，就算是第一次做……做乳、乳、乳……嗚……就是你剛剛提出的那種要求，也能做得非常完美，所以你才選擇本小姐對吧。而且就視覺效果與實用程度來說，本小姐也是怪人社裡最棒的。」

我完全找不到插口的時機。

她越說越快。

「不過你不要誤以為本小姐不擅長這種事，只是理論的話，我的知識也是相當充足的。H的美少女遊戲我也玩過一點點，像那、那種事只要這樣擠壓、再這樣上下搖晃……接著這樣就可以了對吧!!」

……

「那個……請問『那種事』是什麼呢？」

一直以來，為了逞強不斷把自己逼上絕境的沁芷柔，聽到了這句問話後，內心的防線與臉上的表情一起崩潰、接著爆發了。

「就、就是乳●啦！」

終於被逼到極限的沁芷柔，羞憤的話聲傳遍了整條空蕩蕩的走廊，在對面的牆壁碰撞後彈回，響起充滿不潔詞彙的回音。

「哈啊……哈啊……哈啊……」

沁芷柔似乎已經用盡全身的力氣，她大口大口喘著氣。

「──!?」

接著，她有點後知後覺地發現了一件事。

「那個……請問『那種事』是什麼呢？」並不是我說的。

風鈴就站在沁芷柔的身後，露出遲疑的表情。

「咦……？那、那個……」

「嗚……」

「那個……風鈴剛剛聽見了……」

「嗚嗚……」

沁芷柔臉紅得像要滴出血來，眼眶也開始迅速累積淚水。

更加無情的事實也接著壓下，桓紫音老師從樓梯轉角走出，以有點敬畏的目光看著沁芷柔。

「乳、乳牛，吾沒想到汝居然這麼開放……」

「嗚嗚……嗚嗚嗚……」

「但是沒關係的，身為吾的眷屬兼子民，就算是會在走廊上喊出這種話的淫墮血族，吾也會保持寬大的心胸，去……」

「嗚啊啊啊啊啊啊啊啊啊──!!!!」

最後，發出帶有哭腔的喊叫聲，沁芷柔淚奔而去。

在目送沁芷柔的身影消失之後，我偷偷往身後──怪人社的方向瞥了一眼。

「……嘻嘻。」

──在那裡，雛雪從教室裡探出頭來，露出充滿惡作劇味道的笑容。

隔天中午。

怪人社的大家難得打算一起吃午餐，起因是桓紫音老師突然想舉辦「怪人社午餐聚會」。

中午十二點整時，大家都到齊了，像平常社團活動一樣聚集。

之前雛雪穿露背毛衣的性感造型，搭配第二人格不知羞恥的發言方式，給我很深刻的印象，不過現在的雛雪已經恢復平常的無口人格，也穿回熊熊布偶裝。

我嚼著從餐廳外帶的雞肉咖哩，現在學校的食物似乎都由晶星人的道具「轉轉廚師君」來料理，每一項成品都相當美味。

沁芷柔的面前擺著一盤水果沙拉，風鈴的午餐是三明治，雛雪點的是四根口味不同的冰棒，桓紫音老師是番茄義大利麵跟番茄汁。

用餐到一半，沁芷柔忽然放下了叉子，雙手合十，低下頭向風鈴鄭重擺出道歉的姿勢。

「……狐媚女，對不起!!」

面對突如其來的致歉，風鈴嚇了一跳，露出意外的表情。

「……嗯？那個，芷柔妳為什麼要向風鈴道歉呢？」

沁芷柔抬起頭，「——對不起!!之前本小姐竟然認為妳是社團裡的第一騷貨！我錯了！」

「……咦？」

「真的對不起！」

「沒、沒關係啦。」

即使得到完全無法令人開心的解釋，溫柔的風鈴依舊選擇原諒對方。

但是，造成沁芷柔致歉的元凶——雛雪，正以色氣滿滿的方式吃著冰棒。她閉起眼睛，舌尖在冰棒頂端輕輕打轉，接著將冰棒含住，發出極為不雅的吸吮聲。

「嗯～～唔～～嗯～～」

在吸吮冰棒的過程中，雛雪的眉頭輕輕皺起，從鼻腔發出壓抑的低鳴聲。

沁芷柔越看越是不爽，她的怒氣使背後彷彿產生動畫ＣＧ般的的熊熊火焰，接著毫不客氣地指著雛雪。

「——桓紫音老師，妳就不能管管這個變態嗎!!」

「……那個啊，吾雖然是吸血鬼皇女，但也兼任C高中的教師，努力成為開明又仁慈的好老師是吾的目標……所以，只要與怪人社的社務沒有關係，吾就不會多管閒事。」

「嗚……妳管一下啦！拜託妳管一下啦!!」

沁芷柔氣到快哭出來了，但桓紫音老師只是無奈地聳聳肩，繼續食用她的番茄義大利麵跟番茄汁。

嘴角帶著一點番茄醬汁的桓紫音老師，第一次看起來這麼像吸血鬼。

這時候，一張繪圖板豎了起來。

「……怎麼了嗎？」

將冰棒咬在嘴裡的雛雪，拿著繪圖板朝大家展示，還在文字旁邊畫了一個大大

VS

的笑臉。這種挑釁行為完全是火上加油，導致沁芷柔身後的火焰瞬間燃燒到最高點。

「嗚啊呃……」

沁芷柔發出痛苦的氣音，手中的叉子立刻被捏得斷裂。順帶一提，那叉子是不鏽鋼材質。

「……」我低頭繼續吃咖哩。

雖然不關我的事，不過，雛雪的行為完全是「由愛生恨」的最佳典範。

從剛進怪人社開始，身為變態代名詞的雛雪就對沁芷柔非常感興趣，但幾個月過去後，一再遭到拒絕，雛雪也慢慢不再提出要求。

最後，原本只用她天才般的「氣人天賦」來捉弄我的雛雪，把沁芷柔也列為目標之一，很明顯就是無法得到對方肉體所做出的報復。

……真是可怕呢，女孩子這種生物。

不過也有例外。與她們相比，風鈴簡直就像天使一樣，既可愛又惹人憐愛，是理想中的女朋友類型。

「對了，學長。」雛雪用繪圖板呼喚我。

我抬頭向她看去。

「如果要正式選擇一個女朋友來交往，剛剛雛雪展現出的特技，是不是可以增加很多勝算，讓學長鄭重考慮選擇雛雪？」

雛雪寫的句子看起來像語氣平淡的疑問句，但她的愛心眸，卻閃爍著桃紅色的光芒。

「哈啊？選妳？憑什麼？」

由於大家都可以看到繪圖板上的字跡，我還沒做出回答，沁芷柔就第一個產生了反應。

像是想對剛剛累積的仇恨還以顏色，沁芷柔擠出一個嘲笑的表情，並以誇張的語氣發表意見。

「像妳這種一點女人味都沒有的貧乳，正常男生絕對～～絕對～～不會把像洗衣板一樣的貧乳納入優先考量的哦！」

以電視劇裡「壞女人登門諷刺正宮」的說話方式，沁芷柔將手背貼在臉頰上，「哦呵呵呵～～」地笑了。

不愧是設定系少女，演起壞女人不管是語氣、表情、笑聲、臺詞都無可挑剔。

她的行為收到了極大的成效，果然成功激怒了人。

……然而。

然而，被激怒的卻是洗衣板本人——桓紫音老師。

「啪嚓」一聲同樣捏斷了手上的叉子，桓紫音老師的臉色因憤怒而漲紅，以非常恐怖的表情盯著沁芷柔看。

「乳牛……去走廊罰站五分鐘!!」

「欸……欸欸!?」

「去！」

「可、可是老師妳剛剛說過……『努力成為開明又仁慈的好老師是吾的目標……所以，只要與怪人社的社務沒有關係，吾就不會多管閒——』!?」

沁芷柔一句話還沒說完，桓紫音老師就像個小混混一樣，抓起她的制服前襟，把臉湊到她面前。

「去罰站。」

「嗚嗚……嗚嗚嗚……嗚嗚嗚嗚……」

於是，沁芷柔瞬間從電視裡的壞女人，變成可憐的賣火柴小女孩。

五分鐘後，沁芷柔再次回到餐桌旁邊。

她謹慎地觀察桓紫音老師的反應，在確定不會產生後續反應後，繼續對雛雪發起挑戰。

「只要不觸碰到桓紫音老師的忌諱，說什麼應該都沒問題——」沁芷柔的想法其實很好猜測。

於是沁芷柔搖身一變，再次扮演起電視上的壞女人。

「哦呵呵呵～～像妳這麼開放的女人，反而不會受到柳天雲的歡迎哦。」

擅自替我決定喜好的沁芷柔，忽然把手往旁邊伸去，搭在風鈴的肩膀上。

「……咦？」原本默默在吃東西的風鈴似乎感到疑惑。

「哦呵呵呵呵～～像柳天雲這種純情的小處男，反而會中意狐媚女這種乍看之下清純的女孩子哦！」

「那個……乍看之下……？」

風鈴小小聲地重複有意見的部分，沁芷柔不理會她，選擇將戰火繼續延燒。

她雖然在說氣話，不過卻說中了某些事實。

接著雛雪舉起繪圖板做出回應：「男孩子這種東西，就是慾望與慾望還有慾望組合成的MAX・慾望獸。只要女孩子身材夠好、長相夠可愛、技巧足夠出眾，再怎麼樣的慾望獸都會迅速淪陷。在慾望獸的綜合評分表中，雛雪絕對可以拿下最高分喔。」

……別一本正經地胡說八道啊。

奇怪的是，已經消氣的桓紫音老師看到雛雪寫出這段話，竟然默默點頭認同。

等等，這理論怎麼想都很奇怪啊！

接著怪人社眾少女竟然針對，「MAX・慾望獸」這個可怕的話題開始進行討論，過了五分鐘，話題終於告一段落，這讓我鬆了一口氣。

這時候，雛雪似乎已經打算結束爭吵，可是不甘心落敗的沁芷柔繼續窮追不捨。

無口人格雛雪的眼神一樣呆呆的，可是在察覺對方旺盛的戰意後，繪圖板上面卻寫出：「雛雪本來是不想用『那一招』的，見識『那一招』之後，請妳明智地選擇放棄。」

「哦呵呵呵～～太天真了，本小姐怎麼可能會輸給妳這種騷貨？」

話說，妳壞女人的設定打算持續到什麼時候啊……

為了證明自己的實力，雙方充滿鬥志地開始一決勝負。

比賽的項目是吞冰棒。雛雪的午餐有四根冰棒，她分給沁芷柔一根。

規則也很簡單，像是吞劍那樣把冰棒吞到能夠忍受的極限，吞比較深的人就贏了。

沁芷柔只吞進一小半就受不了，可是雛雪簡直像蛇一樣，輕輕鬆鬆就把包含冰棒棍在內的總長度吞入喉嚨中，停了幾秒後才慢慢吐出。

在落敗之後感到不可思議的沁芷柔，拆開剩下的冰棒，充滿強氣地要風鈴也嘗試看看。

「那個……請問風鈴一定要參加嗎……？」

「要哦！狐媚女，妳身為先進入怪人社的前輩，怎麼可以被後輩瞧不起!!」

「咦……」

風鈴剛開始很想拒絕，但最後還是勉為其難地進行嘗試。

結果風鈴吞冰棒的成績比沁芷柔還差，這似乎讓她找回了一點尊嚴。

但是雛雪接下來展現出的第二項絕技——「用舌頭將水果沙拉裡的櫻桃梗打結」

的技術，又嚴重打擊到沁芷柔的自信心。

「……不玩不玩了！無聊死了！話說回來，本小姐本來就沒有跟妳比賽這種東西的義務吧!!」

她以耍賴似的言論想將戰敗的陰影甩離身體，但面無表情的雛雪從嘴角發出「嗤」一聲的嘲笑氣音，讓沁芷柔再次動氣，像小孩子那樣握著拳頭不停跺腳。

「嗚、咿——氣死我了——」

於是第三回合的決鬥又開始了。

我默默吃著自己的雞肉咖哩，盡量不去參與桌面上的戰爭。

但是，在又一個十分鐘經過後，已經用盡所有方法對決的兩名少女，終於把矛頭轉到我身上。

「柳天雲，你這傢伙太無情了吧？如果順著源頭找出問題的話，我們是因為你的優柔寡斷才吵架的哦!!」

「……嗯，學長確實要負責。」

「這樣子好了，你來當評審，在我們兩個裡面挑一個贏家!!」

「……認同。學長會選雛雪的對吧？」

好奇怪，剛剛還是仇敵的兩人，現在忽然變成默契滿滿的超級戰友了。

選擇雛雪的話，肯定會被沁芷柔記恨。

如果讓沁芷柔成為贏家，面對雛雪後續的捉弄，也將會非常辛苦。

不過。

不過……身為獨行俠的我，早就已經有背負一切罪惡的覺悟。

在成長過程中，被名為「群眾」的巨大怪獸不斷擋住去路，獨行俠的聲音往往無法傳出。如果不想被其吞噬，即使付出比想像中更巨大的代價，也必須將己身的意志化為刀……去斬！斬開那怪獸，斷開那天地的不公，走出屬於自身的道路！

換句話說，在人生之道上，能堅持走到終點的獨行俠，無疑是最強的。

即使在路途中倒下，獨行俠的信念也絕非常人可以比擬，那不屈的英魂，將成為下一個獨行俠的迷途燈塔。

但是，我的沉默似乎被沁芷柔跟雛雪視為毫無格調的猶豫。

「你該不會想選狐媚女吧……？沒有第三個選項喔！」

「學長也真是花心呢，不愧是鬼畜之王……」

以帶有不信任感的話語，兩名少女對我發問。

選擇風鈴的話我肯定會被圍剿，乍看之下我已經深陷危機。

——但是，要化解這種危機，對我柳天雲來說簡直輕而易舉。

「哼。」

我將剩下的雞肉咖哩送入口中，以充滿自信的話語解除困局。

「**——我選擇桓紫音老師!!**」

「「……」」

果然，我的必殺一擊造成了兩名少女的沉默。

也就是說，我這個選項外的選項，確實有良好的成效。

桓紫音老師原本在喝番茄汁，聽完我的抉擇，以平靜到有點可怕的目光看向我。

「……吾的擇偶標準是很高的哦。」

「嗯？啊……嗯嗯。」

我只是隨口說說而已，但是桓紫音老師認真到讓我有點驚訝。

「還有……吾可沒有與闇黑眷屬爭搶東西的習慣。不過，如果汝成為吸血鬼皇爵，與吾的身分足以並列的話，那又另當別論了。」

「呃……」

很難得的，我聽不太懂桓紫音老師在說什麼。

不過，平常在無口人格中相當遲鈍的雛雪，卻似乎比我早理解剛剛那些話。

「……新敵人？」

雛雪有點猶豫地舉起繪圖板。

「哼，吾是開玩笑的，真是一群沒有幽默感的闇黑眷屬。」

說完，留下身後的所有學生，桓紫音老師端著空空的義大利麵餐盤，離開了怪人社。

接著我們也吃完了午餐，大家互相道別，準備去上下午的課程。

「……」

望著少女們離開的身影，我不禁有點感慨。

面臨過覆滅的危機後，微小而平凡的幸福，顯得如此珍貴。在忙亂中聚集起來一起吃午餐，即使過程充滿吐槽點與吵鬧感，但那也正是怪人社眾人情誼深厚的佐證。

因為怪人社這個社團的誕生，桓紫音老師……沁芷柔……雛雪……風鈴……都比以前更快樂了。

我沒有信仰，然而，對於我們來說……這裡就是我們的結緣之地。

怪人社之於我們，真的很重要很重要。

……起初一意孤行，想強勢統率C高中的桓紫音老師，現在有了可以釋放壓力的地方。

……有人群恐懼症的風鈴交到了朋友，變得比以前更加開朗與活潑。

……高傲大小姐性格的沁芷柔，乍看之下個性最開朗的她……其實並不像表面上那麼快樂。將內心的軟弱隱藏在無數設定之下，其實沁芷柔的心思十分細膩，容易受傷，容易哭泣，也是最努力的人。將苦與痛吞下，選擇獨自努力，拚命奮鬥，已經成為沁芷柔的習慣。

……以及雛雪，這個在怪人社裡也相當特別的美少女畫家，喜歡像好色的大叔一樣進行重度性騷擾。明明平常是無口屬性，卻又擁有「超．被動挑釁技能」的頭痛才能，我總是猜不透她的真正想法。在進入怪人社後，雛雪的笑容也變多了。

還有……

「……？」

心中掠過「還有……」這種微妙的想法時，我不禁遲疑。

「啊啊……怪人社的成員已經數完了呢，剛剛竟然還想繼續往下數，我也真是粗心大意。」

我邁步前行，追上前面的沁芷柔與風鈴。

「狐媚女，我們聯手吧!!」

「咦……？」

「那傢伙超～～級～～氣人的!!啊、妳看，她又用嘴角在偷笑了！快點，從今天開始，我們一起練習吞冰棒!!」

「不、不要啦，冰棒好冰的耶……」

「……」

往常只能在夢裡奢望的幸福，現在滿滿充斥於生活中，太過巨大的幸福感幾乎要沖暈腦袋。

耳邊聽著少女們的對話，我陷入沉默。

並且……將莫名閃過的惆悵，深深埋藏於心中。

第六話　古老誓約與竹中的公主

「學長、學長、學長！吶，學長！」

「……怎麼了？」

第二人格型態的雛雪蹦蹦跳跳地跑到我身邊，接著將嘴脣湊到我耳旁。

「吶吶、學長，晚上要來雛雪的房間練習當插畫家嗎？」

「低級的黃色笑話也要適可而止，妳是老頭子嗎!!」

「痛、痛痛痛痛!!學長怎麼敲人家的頭！」

如果扣除雛雪的騷擾、桓紫音老師宣傳的闇黑教典、沁芷柔為了貫徹設定的奇怪行為，我現在在C高中的每一天，都過得既充實又愉快。

寫作本來就是我唯一的興趣與專長，能待在以修煉、撰寫輕小說為目標的地方，沒有比這更適合我的容身之處。

某天，為了躲避怪人社那些正在掀起吵架大戰的怪人，我跟風鈴躲起來聊天。

身為晨曦的風鈴，曾經成為我寂寞的世界中唯一的光……對於我來說，風鈴是特殊的存在。

所以我會不惜一切代價守護風鈴，即使面臨必敗的戰鬥，也不會選擇逃避。

在夕陽即將完全落下的時刻，某間廢棄的教室裡，我與風鈴一起坐在桌子上看著窗外的大海。

海浪輕緩地沖刷岸邊，在沙灘上留下許多貝殼與螃蟹。對了，我們在這裡住了這麼久，卻始終沒有好好去海邊玩過。

風搖曳枝葉的聲響、隱約傳來的海浪聲、如火般豔麗的夕陽，還有一位溫柔又可愛的美少女——這些事物，組成了我此刻擁有的全部。

在夕陽照射下顯得更加美麗的風鈴，露出迷人的微笑。

「這樣子偷偷躲起來，嗯……風鈴上次在某部輕小說裡寫過類似的劇情呢……」

「哦哦，妳是說上禮拜那一部社團作業——《美少女與龍不可能共舞》嗎？我還記得喔。」

「啊、沒想到您竟然還記得，不愧是前輩，真是細心呢。」

「這也沒什麼……」

不過，《美少女與龍不可能共舞》裡面的這一幕場景，一起並肩坐著的男女主角，在當時已經是情侶了，只不過瞞著朋友偷偷躲起來交往。

我與風鈴卻只是名義上的情侶。

因為其中的差異讓氣氛變得十分微妙，風鈴的臉蛋有點紅了。她慌慌張張地揮舞手掌，急忙表達想法。

「啊、那個……風鈴不是那個意思哦！」

「啊哈哈哈說得也是呢！」

結果因為我的回答，氣氛變得更尷尬了。

風鈴偷偷瞄了我一眼，我剛好也向她看去。視線在重疊的瞬間，像同時觸電般，兩人一起挺直了背脊。

「咳……咳咳。」

「是、是的!?」

本來想藉著咳嗽帶開話題，卻不幸引起風鈴激烈的反應。呃啊……真是麻煩啊，這種情況。

花了不少時間之後，我們才終於恢復到能夠正常交談的狀態。

然後，就像平常那樣，我們聊起寫作的事。

風鈴問我：「前輩，如果有一天回到了現實世界，您會選擇成為輕小說家嗎？」

我像偵探那樣摸著下巴思考。

「作家啊……我其實沒有仔細考慮過這個問題，可能會吧，可以兼顧收入與興趣。啊、但我並不是為了錢才想當輕小說家的哦，即使沒有成為輕小說家，我也會繼續寫作。」

「嗯嗯……原來如此……其實風鈴也是哦，剛開始是因為前輩而開始寫作……不過呢，現在風鈴是因為喜歡寫作而寫作。如果可以的話，以後風鈴也想成為輕小說家。」

風鈴對我傾訴她的想法。

聽著、聽著……我漸漸明白，風鈴也找到了屬於她的『道』。

只有找到屬於自己的『道』的作家，文字裡才會寄宿靈魂。假如是風鈴的話，一定可以成為優秀的輕小說家吧。

於是我點點頭，對風鈴表示肯定。

「是妳的話，一定可以的。」

「那個……被這麼厲害的前輩稱讚，風、風鈴會不好意思的哦。」風鈴小小聲地說。

我笑著摸了摸風鈴的頭。

海浪的聲音依舊不斷傳來。

過了一會，風鈴又說：「對了，晶星人降臨後這幾個月發生的事，要是放在以前的話，大家一定不會相信吧……這些事情，簡直就跟輕小說的展開一樣呢。」

聽見風鈴的話，我忍不住笑了出來。

「就像輕小說的展開？那我們也是輕小說裡面的人物囉？」

風鈴搔了搔臉頰，紅著臉說：「風、風鈴只是開玩笑的而已，前輩不會笑人家吧？」

「……不會啦，妳這是很有趣的想法。」我停頓了一下，「不過……如果這裡是輕小說的世界，把我設定成除了寫作之外一無是處、充滿衰運又在人生之道上到處跌倒，交了不止一個女朋友卻全部都是名義上的，應該不會有這麼惡趣味的輕小說家吧？」

風鈴卻持反對意見，搖搖頭，「風鈴反而覺得他是天使哦，因為他把前輩派到了風鈴身邊。還有，前輩您是很優秀的哦，不可以這樣看輕自己。」

風鈴似乎覺得我不應該貶低自己，輕輕嘟起了嘴唇。

我比出安撫的手勢，「開玩笑的——開玩笑的。對於目前的我來說，怪人社的大家每一位都無可取代而寶貴，擁有超越一切的真實性——珍惜所有、守護怪人社，是我現在唯一的願望。至於回到現實世界什麼的……還有很長的路要走，Y高中的怪物君真的太可怕，就連A高中也還有輝夜姬、飛羽這兩位強大的輕小說家存在，C高中想在最終一戰裡打贏A、Y兩所高中，勢必得付出許多代價。」

「……」

談著談著，我們聊起了現實世界的事。

可麗餅、車輪餅、大阪燒、五花肉球、高麗菜肉捲……我想起跟現實世界有關聯的地方，幾乎都是食物。

風鈴則記起家人，還有她養的兩隻貓咪。

現實世界……嗎？我忽然很懷念曾經覺得毫不稀奇的那裡。

提到現實世界，風鈴像是想起了某些事，露出感傷的表情，「可是，如果回到現實世界，怪人社也沒有繼續存在的理由了。到了那時候，風鈴或許又會變成孤零零一個人。」

我立刻糾正風鈴的想法：「不會，妳不會孤零零一個人。如果我們活著回到現實世界，我會去找妳。到了那時候，就算妳想躲在房間裡也沒有機會了。」

至於會合之後要做什麼，風鈴沒有問，現在的我也還不知道答案。

聽見我的答覆後，風鈴低下頭，輕輕開口回覆：「……嗯，如果我們回到現實世界，風鈴會乖乖等前輩來。」

我會去尋妳，而妳……會等我。

簡簡單單的兩句話，在這一刻，卻變成了堅定的承諾。

時間在沉默中流逝，夕陽已經完全落下。

「我們回去吧，怪人社那些傢伙應該吵完架了吧？」

「嗯！」

於是我們返回怪人社。

不過……很可惜，最後我們還是被捲入了一場有關吸血鬼皇女闇黑血之力的繼承儀式。

……最後還是不走運啊。

之後的某天深夜。

原本我正在睡覺，黑暗中，卻忽然聽見房間的某處傳出電視機開啟時的「沙沙」聲響。

我睜開眼睛，首先看向放在床頭的螢光鬧鐘。

「……半夜三點嗎？」

我早就已經搬到單人房居住，照理來說，這種時間房間內應該非常安靜。

但是，那沙沙聲響越來越明顯，逐漸到達令人無法忽視的程度。

我坐起身。

就像我的動作觸發了某種機關那樣，耳邊忽然響起類似於比賽時……人工智慧發出的機械混合音。

「A高中的輝夜姬使用了『轉轉橋梁君』，對您發起了通話請求。通話過程中，雙方可以透過光幕直接進行交談，但無法對對方造成任何危害。」

「若是十秒鐘內沒有接起『轉轉橋梁君』，將視為拒絕通話請求。」

我的面前忽然浮現一個松鼠造型、看起來就像兒童玩具一樣的塑膠電話。

此時電話正在不斷震動，擴音器也發出「鈴鈴鈴——」的提醒聲。

「十……九……八……」人工智慧的倒數聲傳來。

……怎麼辦？要接嗎？

異樣、令人困惑的突發事態，使人心中猶豫。

尤其對方的身分十分敏感——輝夜姬，同時也是數千名A高中學生的領袖，與桓紫音老師在C高中的地位相當……再加上輝夜姬身為該校最強的輕小說家，完全可以代表「A高中」這個整體決定一切。

「轉轉橋梁君」嗎……雖然人工智慧已經說明通話不會有危險性，但是真的有接起電話的必要嗎？

啊、對了，之前A高中在落敗後，由於使用了某種避免排名下降的道具，雖然勉強維持第二名的位置，但必須付出失去大多數道具的代價。

A高中那時候選擇留下「轉轉城堡君」與另一個神祕道具……那個神祕道具，看來就是「轉轉橋梁君」了。

「……」

「七……六……五……」

人工智慧的倒數聲，依舊不斷傳來。塑膠電話的震動漸漸變得微弱。

之前在幻象中，我曾經目睹飛羽的過往。

在那裡，我看見了從中學時期慢慢開始成長、始終執著於「大義之道」，即使身體不佳，也沒有放棄過寫作的輝夜姬。

與身體正常的輕小說家相比，輝夜姬筆下寫出的每一個文字，都必須付出讓自己更加虛弱的代價。

以自身的高潔與正直，輝夜姬收服了原本差點成為小混混的飛羽，引導飛羽那份強大的文字之力走上正途，這樣子的她……絕對不是壞人。

A高中的學生能過得無憂無慮，正是因為輝夜姬選擇承擔起一切……忍耐、努力、辛酸、苦衷，一直獨自與幾近絕望的痛苦戰鬥著，將病痛產生的苦楚默默吞入腹中——正是因為擁有這樣的覺悟，輝夜姬才會成為這麼厲害的輕小說家吧。

當初在紅白色小球遺留的影像中，我們看見棋聖去找飛羽，請示使用「詛咒草人」時的場景。

那時候飛羽是這樣回答的：

「不堂堂正正地一決勝負……如此卑劣、缺乏騎士精神的行為，輝夜姬公主肯定無法認同——吾是輝夜姬公主的騎士，是替公主斬除一切的劍，永遠不會背叛她的期望，所以也不會認同。」

雖然後來狡詐的棋聖利用了飛羽擔憂輝夜姬的心情……但是，進攻C高中的一切行為，很明顯輝夜姬從頭到尾都不知情。

也就是說，輝夜姬並非一切罪惡的元凶，只是一個獨自背負所有、付出諸多心血與努力、默默守護A高中的病弱少女。

而這樣子的她……這樣子的輝夜姬，目前正在對我請求通話。

「四……三……二……」

人工智慧依舊在持續倒數，眼看就快要倒數完畢……

我閉上眼，深深吸了一口氣。

「輝夜姬，妳對於寫作的執著……心中想要守護A高中所有人的柔軟……因恪遵本心而產生的『大義之道』，不管擁有其中的哪一樣，都足以讓我產生敬意。

「而妳……卻擁有三項特點……既執著也柔軟，與此同時不失本心，彷彿可以為了『理想』而犧牲自己的一切——這樣子的妳……究竟是什麼樣子，口中會說出什麼樣的話語，我柳天雲……很好奇。

「既然如此，那我們就透過這個『轉轉橋梁君』……見一面吧。」

在人工智慧倒數到「一」的那一瞬間，我快速睜開眼睛，抓住震動中的塑膠話筒，接起電話。

「已確認接起通話……請稍候……系統正在生成通話光幕……」

隨著奇異的光芒亮起，空氣中起了漣漪，一道圓形的光幕漸漸產生。

光幕裡的影像，剛開始還十分模糊，過了一會之後，畫面穩定了下來。

映入眼簾的是地上鋪滿榻榻米的和式房間，整體布置簡單而大方，房間的正中央有一個坐墊，一名少女靜靜地坐於其上。

黑髮少女穿著古式和服，身後憑空飄浮著輕飄飄的彩帶，和服上點綴著碎星、月紋等美麗的圖案，全身像月亮一樣閃爍著柔和的銀光，看起來就像神話故事中走出的古典美少女。

如水般的沉靜——這是輝夜姬給我的第一印象。

不過，如果無視輝夜姬眼中蘊含的聰慧，她外表看起來完全不像高中生。即使擺出正座的姿勢，也能看出身材的嬌小，再加上那稚氣的臉蛋，就算說是國小生，也會有人信以為真吧。

那出眾的氣質，如雪般潔白的皮膚，與任何美女相較都毫不遜色的美貌，都無愧於「輝夜姬」這個神話中的名號。

我坐在床上與輝夜姬對視。

「請原諒妾身的冒昧行為，但是……妾身必須對您致上十二萬分，不，一百二十萬分的歉意。」

以清脆的聲音如此開口，在說話的同時，輝夜姬的腰彎了下去，朝我鞠躬。

「直到A高中失去了大部分的道具，小飛羽才鼓起勇氣向妾身說明一切……竟然以如此無禮的方式對貴高中進行騷擾，試圖消滅柳天雲大人您……對於過往發生的一切，妾身深深地感到歉疚。

「這件事情的主謀……小飛羽以及棋聖，妾身已經嚴厲地指責過他們了……並且，妾身於此以己身的大義鄭重進行宣誓，以後A高中絕對不會再犯。至少在最終一戰來臨以前，我們都可以和平共處。」

輝夜姬的腰彎得更低了，雙手手掌貼在地上，額頭也幾乎觸到地面，以幾乎接近土下座的方式持續鞠躬。

「所以，妾身想斗膽請求您的原諒。如果柳天雲大人您無法原諒妾身，妾身會一直默默於此低頭祈求，直到您消氣為止。」

對於如此誠摯的懇求，我完全無法生出拒絕的想法……就像被真正的公主跪拜一樣，心中還會掠過某種不協調感。

雖然A高中確實一度對我們造成了難以想像的威脅，但既然A高中的領導者——輝夜姬，是被人蒙蔽而導致如此情況發生，其實A、C兩校並沒有不可化解的仇恨。

而且以大義進行宣誓，對身處「大義之道」上的輝夜姬來說，恐怕已經是傾盡一切的發言。

我沉默了一下，接著開口：「C高中現在過得很好，對於我來說，這樣就夠了……輝夜姬，妳的道歉，我柳天雲接受了。」

聽見我的話，輝夜姬低伏的背脊微微聳起，身後的彩帶也不斷晃動。

「……謝謝您，柳天雲大人。」

然而，輝夜姬並沒有就此抬起頭來。

「除了請求您的原諒之外，妾身來此還有一個目的。」

以任何人都無法質疑的堅定語調，輝夜姬如此說。

……目的？

聽見輝夜姬話中的關鍵詞彙，我忍不住驚訝。

始終保持接近土下座的鞠躬姿勢，輝夜姬緩緩開口：

「如果情況允許的話，妾身想要與C高中結盟。」

「——什麼，妳想要跟C高中結盟!?」我嚇了一大跳。

輝夜姬繼續說道：「柳天雲大人，妾身知道曾經的您，巔峰時期的您……很厲害，目前也正在快速恢復實力——但是，請原諒妾身的狂妄自大——妾身同樣也很強，非常強。即使您恢復了全盛時期的寫作水準，成為常人難以望其項背的輕小說家，妾身也有與您一戰的自信。我們如果全力一戰，只會造成兩敗俱傷的下場。」

說完這段話，輝夜姬全身散發出強大的氣勢。

「——!!」

在輝夜姬氣勢散出的同時，她身邊也掀起了狂風，身後的天女彩帶如孔雀開屏般，朝上方飛起，形成扇子般的弧形，將輝夜姬本人鞏護在內。

光是這氣勢……就足以震懾一切弱者。

光是這氣勢……就使人心中無法升起反抗的念頭。

……好強，輝夜姬所說的一切，並非謊言。

如果A高中上次以「詛咒草人」進攻時，輝夜姬不顧一切出手的話，C高中……現在或許已經成為滿布石像的死亡之地。

輝夜姬慢慢抬起頭，她絕美的俏臉，誠摯地與我對視。

「妾身不想欺騙您，妾身的身體並不好，如果全力出手的話，妾身有可能會重傷……甚至會死……」

「……假設在模擬戰妾身就死去的話，那麼，A高中那些學生，就沒有人保護了。所以，至少在最終一戰之前，妾身想盡量保存A高中那些學生的笑容，替他們承擔一切煩惱。

「妾身很清楚，遲早必須與柳天雲大人在輕小說的賽場上相見，當然以您現在退化的實力，妾身可以出手輕易地消滅您……但這是嚴重缺乏騎士精神的卑劣行為，為了心中的執念，還有為了大義，妾身不會做出這種事。

「所以，綜上所述，妾身想讓A高中與C高中結盟——換取一個在最終一戰前的『互不侵犯盟約』。必須以生死進行廝殺條件，本來就是輕小說家的悲哀，如果勢必得分出高低，妾身希望把所有的恩怨……一切的一切，都留到最終一戰。」

聽完輝夜姬的話，我緘默許久。

大義……執念……騎士精神，僅僅只為了這些虛無縹緲的理念，輝夜姬放棄了更大的生存可能性，選擇與我們結盟。

如果把追逐利益的現代人比喻為黑夜，輝夜姬的高潔精神就是熾烈的陽光，足以消融一切黑暗。

不過，想想還真是諷刺。

——因為病弱而無法照射陽光的輝夜姬，卻遠比行走於日照恩惠之下的人們更加光明正大……堂堂正正，耀眼到令人無法直視。

並非出於實力差距，而是被輝夜姬高潔的人品給震驚，即使是身為獨行俠的我，也感受到了輝夜姬身上那一份如果自居「邪惡」、世上就等於再無正義留存的氣魄。

輝夜姬……嗎？

不愧是以神話之名，冠以己身的人。

「……柳天雲大人？」

「喔、喔喔！」

大概是思考太久的緣故，輝夜姬終於試探性地催促。

在深思熟慮過後，我得出結論……我並不是C高中的領導者，所以無法直接答應輝夜姬的請求，一切還是要看桓紫音老師的想法。

我將這一點告訴輝夜姬，但她似乎並不意外。

「是的，妾身從開始就料到了這一點，所以起初提出請求時，才說出『如果情況允許的話』的話語。」

輝夜姬說到這，一頓。

「那麼，請您帶我去見C高中的領導者。」

聽完輝夜姬的介紹，我才瞭解原來開啟交談光幕，只是「轉轉橋梁君」的基礎功能。真正的用途是在兩所學校之間，搭建起空間轉移的隧道，就像橋梁一樣，可以讓A高中的人來C高中作客。

並且在參訪C高中的過程中，「轉轉橋梁君」會替輝夜姬提供能源防護罩，只要有C高中的學生意圖進行攻擊，防護機制就會啟動，使輝夜姬瞬間返回A高中。

當然，如果主動攻擊別所學校的學生，使用者也會被強制遣返回自己的學校，並且「轉轉橋梁君」會徹底損壞。

隔天我找到桓紫音老師，告知她有關輝夜姬的事。

「嗯，那就讓她來吧，吾也想看看……A高中的領導者‧輝夜姬究竟是怎麼樣的人。」

「我明白了，輝夜姬說下次會在白天聯繫我，但是她不能照射陽光，只能挑陰天過來……她如果過來了，我就把她帶到怪人社去。」

「沒問題，零點一，那就交給你了。」

「……好。」

「對了……坦白說，吾對輝夜姬很感興趣。」

「呃，感興趣……？怎麼說呢？」

「一個開口閉口就是大義之道或理念，外表像個蘿莉、又穿著微妙的古式和服的傢伙，怎麼想都是個怪人，吾想見識一下這傢伙到底有多怪。」

「……」

其實比起輝夜姬，我覺得開口閉口就是吸血鬼歷史或闇黑教義，外表像個美少女、卻中二病又自我中心到爆炸，用腳趾頭都能看出是怪人的桓紫音老師比較怪。

但這句話我當然不敢說出口，只是嘴角微微抽搐，露出一個很牽強的笑容。

桓紫音老師瞇起眼睛。

「……零點一，看汝的表情，該不會在心裡偷偷吐槽本皇女吧？」

面對尖銳的質問，我吃了一驚，下意識想藉著笑聲來掩飾。

「怎麼會呢！呵呵呵……哈哈哈哈……」

還沒笑完，我頭上就結結實實挨了一記鐵拳。

過了兩天，終於迎來一個烏雲密布的雨天。

而這天中午，輝夜姬再次使用「轉轉橋梁君」與我溝通。因為C高中的領袖——桓紫音老師已經同意，所以輝夜姬開啟通道，整個人從A高中移動過來。

隨著「轉轉橋梁君」發動，輝夜姬在帶著粉末的亮光中登場。

輝夜姬本人比光幕裡的影像更可愛，拖著長長的和服下襬，走到我的面前。

……好小隻。

近看比想像中更小隻，我忍不住伸出手比劃了一下對方的身高……竟然連身高也像小學生一樣啊……

面對我略顯失禮的舉動，輝夜姬並沒有生氣。

與此相反，她充滿儀態地拉起和服的下襬，向我彎腰鞠躬。

「……初次見面，柳天雲大人。按照禮儀，請容許妾身正式介紹一下自己，妾身名為輝夜姬，以後請多多指教。」

「啊、妳好，初次見面……呃，我的名字是柳天雲……」

彷彿不自覺地被對方周到的禮節所引導，我以相當拙劣的言語技巧回應輝夜姬。

像是看穿了我的窘迫，輝夜姬微微一笑，這行為使她流露出的威嚴略微鬆散。

——僅僅是不經意的小動作，也展現出久居上位者的寬容。

輝夜姬……嗎？

默默念誦對方的名諱，同時內心對於眼前的蘿莉再次提升評價——這絕對屬於很難應付的那類型啊。

我們此刻並不是在進行輕小說實力的比拚，而是像兩頭陌生的動物在野外相遇——停住腳步互相打量、感應彼此的實力那樣，每一小步都充滿謹慎與試探。

「……」

啊……記得怪人社的大家，今天也約好一起吃午餐，算算時間，現在應該全員都待在社團教室裡。

決定目的地後，我替輝夜姬帶路，一起前往怪人社。輝夜姬的走路速度很慢，我配合她的步伐前進。

戶外陰雲密布，雨點覆蓋了整片天空，即使是走廊也有一半範圍會被雨滴給濺到。我想起輝夜姬身體並不好，於是讓她走在走廊內側。

「柳天雲大人……您與妾身想像中的不一樣呢。」

「……怎麼說？」

「妾身本來以為您是個十分靦腆的人，但似乎並不是這麼一回事。」

我不明白輝夜姬的意思，於是滿臉疑惑地向她看去。

「請原諒妾身的無禮，不過根據妾身的觀察，您似乎是個風月老手。也就是說，十分擅長與女孩子相處、並懂得怎麼樣討取女孩子歡心。」輝夜姬的語調很平靜，說出的話卻令我汗顏。

為了解開輝夜姬的誤解，我立刻回答：「不，我想這絕對是妳的誤會。」

「……是嗎？那麼失禮了，沒想到妾身也有眼光失靈的時候。」以一貫冷靜的腔調做為結尾，輝夜姬不說話了。

一路上閃避雨勢與積水，順著迴廊跨越一棟棟大樓，我們終於來到教學大樓，怪人社就位於頂處。

但是在一樓的樓梯口處，輝夜姬卻止住了腳步，抬頭往上層眺望。

「柳天雲大人，現在是要往上層移動對吧……如果可以的話，能改為搭乘名為『電梯』的便利事物嗎？」

我愣了一下，「電梯啊……那個，抱歉……教學大樓的電梯壞很久了，我們也沒有晶星人道具可以維修……一直都是慢慢爬樓梯上去的。」

輝夜姬遲疑了一下，對我坦承真相：「妾身的身體不太好，如果爬樓梯的話，可能會暈倒的。」

爬樓梯也不行嗎？我被輝夜姬的脆弱嚇了一跳。

這個光靠氣質與儀態就可以收服追隨者的輝夜姬公主，沒想到有這麼大的身體弱點。

「呃，這樣的話……我去請桓紫音老師下來好了……」

輝夜姬立刻搖頭，「不，柳天雲大人……妾身身為要求結盟者，又來到貴領地進行拜訪，怎麼可以做出讓領主前來迎接這種失禮的事情呢……這種舉動有違大義，妾身絕對無法原諒自己。」

「……」

我感到頭痛。

大義啊……好吧……那……呃，現在該怎麼辦呢？

輝夜姬自己找出了答案，她像初次踏上魔王城的勇者那樣，露出豁出一切的堅決表情。

「果然，妾身還是靠自己的力量走上去吧。」

輝夜姬用非常小心的動作抓著和服下襬，跨上了第一級階梯。

我見狀一愣。

「那個，妳剛剛不是說自己爬樓梯會暈倒嗎？」

「確實如柳天雲大人所言。除了搭乘電梯之外，妾身有生以來的最高紀錄是爬了兩層樓之高——」

聽到這裡，我忍不住鬆口氣，心想：「原來能爬兩層樓啊！這樣中途稍微進行休息的話，也就能爬到頂樓了吧？」

輝夜姬接下來的話，卻打破了我美好的想像。

「——但是，那一次爬了兩層樓之後，妾身差點死掉。」

「妳究竟有多脆弱啊!!」

這一次我終於無法忍耐，高聲喊出內心的吐槽。

輝夜姬不肯讓桓紫音老師下來迎接，又堅持要上樓，最後只好由我背她。

她非常輕，體重大概不到我的一半吧。

「……有勞柳天雲大人了，妾身感到非常羞愧。」

趴在我的背上，把頭顱靠在我的肩膀旁，輝夜姬這麼說。

寧願冒著生命危險也要爬樓梯上去，明明這麼聰明、卻又在某些方面像個徹頭徹尾的大笨蛋，這樣子的輝夜姬，讓我無法置之不理。

再怎麼說我也是個男孩子，上樓的步伐並不會因為背一個少女而特別吃力，然而輝夜姬那軟軟小小的身體伏在我背上，那傾注生命的所有重量，讓我確切地感受到輝夜姬的存在——

——在我的認知中，她早已不是所謂的「A高中的輕小說家」，又或者「自稱輝夜姬的怪人」，而是有血有肉、確確實實能感受到溫度與話語的人類。

如此嬌小又柔弱，彷彿背脊稍微僵硬就會將其碰傷……以這樣子的病弱身軀，輝夜姬竟然支撐起了整座A高中。她自己明明才是最孱弱、最需要被保護的對象——卻義無反顧地成為A高中最堅固的防線。

逐漸瞭解輝夜姬後，我的心情相當複雜。

但是，還沒等到那心情開始發酵、產生後續反應，伏在我背上的輝夜姬就先開了口。

「柳天雲大人，勞駕您背妾身，此乃大恩……妾身不知道要怎麼報答……」

「沒什麼……當作鍛鍊體力，妳也不用報答。」

「不行，妾身必須報答……有了！妾身想到了！」

「呃，妳想到什麼？」

「——請原諒妾身的直白，然而妾身對自己的身材與長相其實相當有自信，請柳天雲大人將此刻背後的觸感牢牢記住，日後如果空虛寂寞，可以做為回味之用。」

「……我已經搞不懂妳到底是謙虛還是狂妄自大了……還有長相就算了，對於身材的自信這就有點……」

「啊、有關這個，請容許妾身解釋。妾身認為刻意炫耀自己的身材是很失禮的事，所以是有裹纏胸布的，如果解開的話，想必柳天雲大人會滿意。」

「滿意個頭啊……我就說不用了……」

才剛剛因為輝夜姬的高尚行為而有點感動，她又馬上以超脫思維的想法，將我的感動打得粉碎。

為了不讓對方奇怪的想法持續延燒，我趕緊轉移話題。

「對了！我們現在要前往的是名為『怪人社』的社團，桓紫音老師是裡面的指導老師喔！」

輝夜姬果然被激起了好奇心，「怪人社……好特殊的名字，可以請您說得再詳細一點嗎？」

「啊，具體來說，就是把學校裡所有頂尖的輕小說家聚集起來一同修煉的社團。」

「……柳天雲大人，您的言下之意是，您也是怪人社裡的成員之一嗎？」

「是這樣沒錯，貌似我還是社長。」

雖然我被指定為社長的過程……非常不甘願就是了。

輝夜姬十分驚訝地「唔」了一聲，在經過短短的思考過後，報以誠懇的讚賞：

「厲害、真的是太厲害了……那個名為怪人社的所在地，就連柳天雲大人您這種高手都只是其中一名社員，指導老師肯定更優秀，妾身現在對於會晤桓紫音大人充滿了期待。」

……千萬別太期待啊。

我不忍心戳破輝夜姬的幻想，所以沒有開口反駁。但輝夜姬的猜測還在持續。

「……妾身明白了，總而言之，怪人社裡有許多因為稿紙與墨水而群聚的同好，學習過程也十分莊嚴、隆重、規矩、專注，因而造就出許許多多輕小說高手。難怪柳天雲大人您的實力能恢復得這麼快，像這種寫作聖地，簡直令妾身無比嚮往！」

呃，也千萬別太嚮往……

糟糕，輝夜姬的誤會好像越來越深了。

不過應該沒關係吧……反正怪人社那群傢伙現在也只是平平常常地在吃午餐而

已，單純帶輝夜姬過去露個面，大概沒什麼問題。

聊著聊著，我們爬到了頂樓。

接著我轉了個彎，很快走到怪人社教室的大門前，將手搭在門把上。

「這裡就是怪……」

在這一剎那，忽然有巨大的聲響淹沒了我的話語——

「哈哈哈哈……嘎哈哈哈哈……決鬥吧，跟本小姐決鬥吧，妳這悶騷Bitch！竟然連本小姐的和服設定都要抄襲，這完全就是挑釁，乖乖穿妳平常的熊熊布偶裝不就好了嗎!!」

「雛雪並不是在挑釁哦，只是認為自己更適合和服而已。」

「大笨蛋!!這就叫挑釁!!啊、啊啊……本小姐明白了，那我們就來賭上和服的尊嚴，一決勝負吧!!」

「老、老師，芷柔跟雛雪她們吵起來了耶，該怎麼辦？」

「首席黑暗騎士，吾等靜觀其變即可。在黑暗眷屬的劃分中，也往往有意圖取得爵位的野心血族，想藉著武力強行上位……這是很正常的族群變化。如果有一天她們想奪取汝的黑暗騎士之位，汝也必須奮勇還擊。」

「咦……？」

「汝為什麼遲疑，就好像汝不想要這個爵位似的!!」

「那、那個……風鈴其實……」

嘈雜。

嘈雜聲。

——尚未打開的大門，從裡面傳來一片可怕的嘈雜聲。

如果我是第一次來這裡的人，恐怕會以為裡面是一群正在開宴會的醉鬼吧。

「哼……只不過是個連和服前襟都撐不起來的貧乳，悶騷Bitch，妳……」

「嗚呃呃呃啊啊啊啊——乳牛，汝剛剛說什麼!!給吾收回剛剛那一句話，衣服的價值絕對不在於被無用的脂肪給撐起，而是在於整體的美感!!」

「老、老師，您剛剛不是說要靜觀其變嗎……」

「吵死了吵死了，吾的麾下已經把腳踏到吾的臉上了，吾身為闇·維希爾特·玫瑰一族的吸血鬼皇女，難道能容忍一個區區的闇黑乳牛冒犯吾的威嚴!?」

「咦……？」

「噗哧。」

「啊啊、啊啊啊啊！悶騷Bitch!!氣死我了，都是妳害的，妳還偷笑!!」

「乳牛，不要轉移話題！」

「那、那個，大家好好相處吧？吶？前輩還沒回來呢，大家等前輩回來後，一起快快樂樂地用餐吧？吶？好嗎？」

「首席黑暗騎士，汝……」

「……」

「……」

我沉默了。

我背後的輝夜姬……也沉默了。

在有外人光臨社辦時，我才意識到這些怪人的日常，在常人看來有多麼羞恥。

尤其目擊者還是直到剛剛都在暢想怪人社的美好、對其產生憧憬的輝夜姬，這讓我握住門把的手忍不住開始顫抖。

最後，我不禁乾笑，心靈也不自覺地選擇逃避現實。

「啊哈哈哈、啊哈哈哈哈……我也真是粗心大意呢，竟然走錯路了！我們的目的地怎麼會在這裡呢，真正的怪人社肯定……」

在我說話時，大門被人從裡面拉開了。

綁著雙馬尾的可愛美少女就站在我的面前，雙手合十，發出混雜驚訝與喜悅的話語。

「前輩，歡迎回來，風鈴剛剛聽到您的聲音，因、因為想趕快見到前輩，那個……就自作主張開門迎接您了……」

我：「……」

輝夜姬：「……」

好吧，我認輸。

終於，我們進入怪人社。

桓紫音老師交叉著手臂，盯著輝夜姬。

「也就是說，汝就是輝夜姬對吧。」

「是的。」輝夜姬禮貌地點頭。

桓紫音老師仰起頭，繼續說：「哼，汝似乎是個重視禮節的人呢，那吾就配合汝一下吧，首先是互相通報姓名——吾世俗之名為桓紫音，真實身分為闇・維希爾特・玫瑰一族的吸血鬼皇女。輝夜姬啊，謹記吾的世俗名字。」

輝夜姬「嗯……」了一聲，緊接著就恢復平靜，真是厲害的適應能力。

「再來那位胸前贅肉很多的是闇黑乳牛，世俗之名叫做沁芷柔……啊、還有，她是零點一……是柳天雲的女朋友。」

雖然只是名義上的女朋友就是了。

接著她指向風鈴，繼續介紹：「這位是首席黑暗騎士，是吾麾下的得力愛將，世俗之名為風鈴。對了，她也是柳天雲的女朋友。」

「……」聽到風鈴又是我的女朋友，這次輝夜姬依舊沒有任何反應。

但桓紫音老師還不肯罷休，她又指向雛雪。

「最後這位是首席闇黑繪手、闇黑小畫家、闇黑Bitch，世俗之名為雛雪，平常擔任插畫家，她也是柳天雲的女朋友。」

穿著布料稀少的和服，第二人格型態的雛雪抱住了胸部，像蛇一樣扭動自己的腰。

「沒——錯——的唷——!!雛雪是學長專用的肉奴隸，啊、啊、啊、啊、啊……學長那憤怒的眼神真讓雛雪受不了，請調教雛雪吧，用學長的怒火及慾火填滿雛雪全身上下吧!!」

雛雪這傢伙……很明顯就是故意在陷害我！

於是在桓紫音老師與雛雪的聯手陷害中，輝夜姬看向我。

但是與我想像中會立刻大喊「變態」、「花心男」並投來鄙視目光的反應不同，輝夜姬單純地看向我，似乎只是想看看我的反應。

「……原來如此。妾身先前就覺得柳天雲大人您可能是個風月老手，現在看來果然沒錯。男人有三妻四妾是很正常的事，柳天雲大人不必感到窘迫，妾身完全不會在意您有幾個女朋友，或有幾個肉奴隸。」

相比冷冷淡淡的失望，輝夜姬此刻的反應更讓我無地自容。

就像偷了奉獻金的扒手，被神父撞見後不但沒有受到懲罰，還寬宏大量地表示體諒一樣，那是出於難以接受事實、混合了歉疚與不安的羞愧感。

於是，在眾人目光的環伺下，我因為承受不住壓力，忍不住蓋著臉開始大笑。

我的心態已經很久沒有崩潰、被逼到這種絕境了。

「哈哈哈哈哈……哈哈哈哈哈哈哈哈……哈哈哈哈哈哈哈……我柳天雲……」

為了增加自己的格調，我洋洋灑灑地發表了至少三百字的獨行俠宣言，在我慷慨激昂地進行表態時，怪人社眾人都沉默地聽著我說話。

最終，當我說完之後，輝夜姬依舊以平靜的目光注視我。

「……妾身已經明白了，怪人社顧名思義，就是聚集了許多怪人的地方。」

她的話聲很溫柔，內容卻很無情。

「但是，柳天雲大人您是裡面最怪的一個。」

……呃!!

我的心靈受到嚴重創傷。

哼，竟然說我柳天雲是怪人社裡面最怪的一個，這怎麼可能。

就算我有身為戰鬥力破萬怪人的自知之明，也絕對不會是社團裡最怪的一個。

設定系少女。

肉食性畫家。

人。

中二病老師。

不管怎麼看，我的怪人指數都只能排在倒數第二，成為僅次於風鈴之後的正常人。

在我於心裡默默抱怨時，輝夜姬與桓紫音老師已經達成共識，完成了A、C兩所高中的友好結盟。

輝夜姬一鞠躬。

「也就是說，除非C高中再次進犯妾身必須守護的A高中……否則在最終一戰前，妾身以大義起誓，絕對不會對C高中出手。」

桓紫音老師回答：「吾明白了，那C高中這邊也是一樣。」

輝夜姬慢慢直起身，認真地表達謝意：「妾身代替所有A高中的學生感謝您，吸血鬼皇女殿下。」

「哦……哦哦哦哦哦！只是小事而已，不用介意。不過……汝還真是懂事啊，吾的學生雖然寫作實力都不錯，卻始終不肯承認吾的吸血鬼皇女身分，簡直是愚蠢至極。」

「妾身明白您的苦衷，偶爾也會有人質疑妾身不是真正的輝夜姬，這是一樣的道理。」

「嗯……唔！原來如此，呀哈哈哈，汝……不，輝夜姬，那吾也承認汝輝夜姬的身分了!!」

「妾身……不勝榮幸。」

被承認是吸血鬼的桓紫音老師很高興，她一邊笑、一邊拍著輝夜姬的肩膀。

「哈哈哈哈……真是越看汝越順眼呢，怎麼樣，有沒有成為吸血鬼的打算？吾會給予汝很高的地位哦。」

「妾身原本就行走於夜色之下，與吸血鬼一族是天生的夥伴，所以沒有成為吸血鬼的打算。」

桓紫音老師越聽越滿意，不斷用力點頭。但是旁邊的我、風鈴、雛雪、沁芷柔都以怪異的目光看著她們兩人，畢竟這還是第一次有人可以完美配合桓紫音老師玩吸血鬼扮演遊戲，而且獲得她的徹底認可。

「很好，那吾再次重申，輝夜姬，汝所率領的夜之一族——也就是A高中，從此就是C高中的夥伴！」

「萬分感謝您的體諒。但是，為了保險起見，請與妾身締結古老的盟印。」

聽到「締結古老的盟印」這句話，桓紫音老師的笑容微微凝結。

過了片刻，桓紫音老師問：「汝是指……要用晶星人道具來締結契約嗎？」

輝夜姬搖頭。

「不，請伸出您的左手小指。」

「？」

桓紫音老師依言伸出左手小指。

接著，輝夜姬也伸出了左手，勾住對方的手指。

以清脆悅耳的歌聲，搖晃著雙方的手指，輝夜姬忽然開始唱起了童謠：

「打勾勾～～說謊的話就要吞一千根針～～約定好囉～～!!

打勾勾～～騙人的話就要吞一千根針～～約定好囉～～!!

打勾勾～～違約的話就要吞一千根針～～約定好囉～～!!」

三句結構相似的句子，只在「說謊、騙人、違約」之間進行轉換，這些話似乎出自某首童謠。

「打勾勾～～說謊的話就要吞一千根針～～約定好囉～～!!

打勾勾～～騙人的話就要吞一千根針～～約定好囉～～!!

打勾勾～～違約的話就要吞一千根針～～約定好囉～～!!」

輝夜姬歌聲悠長而緜遠，不斷重複……不斷重複……

於是，A、C高中雙方就此正式立下盟約。

完成目標後，輝夜姬向我們恭敬地鞠躬一禮，眼看就要透過「轉轉橋梁君」轉移離去，重新回到A高中——

這時候，桓紫音老師忽然開口叫住對方。

「輝夜姬。」

「？」輝夜姬轉過頭，大大的眼眸裡帶著疑惑，看向桓紫音老師。

桓紫音老師對她微笑，「汝已經是吾等的盟友了，如果寂寞的話，怪人社隨時歡迎汝來。」

「……」

輝夜姬神情意外。

從頭到尾，不管發生什麼事，始終都很鎮定的她——罕見地展露出一絲慌亂的情緒。

「那、那個……妾身可是A高中的人喔？」

風鈴對她微笑：「沒關係哦，大家不會介意的。」

沁芷柔則是撇過頭去，說：「隨便啦，本小姐沒意見。」

雛雪則看向輝夜姬，盯著她的身材擦了擦口水。

「嘻嘻……雛雪也歡迎妳哦……」

被大家包圍、注視，輝夜姬似乎想說話，最後卻又閉上了嘴巴。

「……」

她轉過身，踏進「轉轉橋梁君」的光芒中。

在快速變得熾烈的光芒中，輝夜姬的話聲彷彿從極遙遠的地方傳來：

「妾身……謹遵吩咐。」

頭好痛。

在結盟的當晚，於睡眠中，我感到劇烈的頭痛。

並非平常被捉弄時、所開玩笑的那種形容上的頭痛，而是真真正正、像受過傷的瘡疤被人掀開那樣的劇烈頭痛。

緊接著，疼痛轉化為血光，那血光不斷勾勒出場景，最後組織出夢境。

夢境裡……我看見一名少年的背影。

少年穿著C高中的制服，獨自走在巨大的城堡裡。城堡裡火光沖天，滿地鮮血，雖然周遭沒有半具屍體，但那景象宛如地獄。

「哈哈哈哈哈哈哈……哈哈哈哈哈哈哈……」

一邊發出刺耳的狂笑聲，那名我只能看見背影的少年，不斷在城堡裡前行……前行……最後往上攀爬。

他的嗓音沙啞，話語蘊含心死神傷的淒厲感，讓人不寒而慄。

「假的……假的……一切都是假的……」

少年登上城堡的五樓，經過一柄斷折的騎士配劍。那顏色……與飛羽平常身上穿的衣服基色，一模一樣。

「命運如果要阻我……我就斬斷命運……蒼天若是想欺我……我就踏破這天!!「我需要更強的實力……更強……更強……強到無人可擋！」

維持瘋子般的大笑，少年就像從地獄中爬出的惡鬼，不斷沿著已經空無一人的鮮血之地往上攀爬。

「不管代價再怎麼高昂，只要能換取復活妳的力量……即使身化寫作之鬼也無所謂……」

明明在不斷大笑，那笑聲中透出的卻是濃厚的悲哀。

「哪怕是連自己的本心之道都捨棄了……也無妨……我什麼都不要……只要妳活過來……」

最後的最後……少年走到了城堡的最頂端，那塔尖之處。

塔尖之處……有一扇緊閉的房間。那裡面似乎有人居住，門板上繪著月亮的圖案。

少年站在那房間前，不斷流下眼淚。

淚裡……帶著血，染紅了地面，染紅了少年腳踏的世界。

與此同時，從風聲中帶來了恍若來自極遙遠、極遙遠處的歌聲。那歌聲彷彿不屬於這世界，而是來自過去的回憶中。

「打勾勾～～說謊的話就要吞一千根針～～約定好囉～～!!

「打勾勾～～騙人的話就要吞一千根針～～約定好囉～～!!

「打勾勾～～違約的話就要吞一千根針～～約定好囉～～!!」

最後於整個世界中響起的……是彷彿飽受內心所煎熬的少年，充滿悲傷與痛苦的嘶喊。

「——!!」

我自噩夢中醒轉。

在醒來的瞬間，頭不痛了，眼前的紅光也消失了。

此刻，我已經不記得剛剛作了什麼樣的夢。唯一還殘存在心裡的，是夢境中那濃濃的絕望以及悲傷。

第七話 妳的名字

締結盟約的隔日，又是持續下著豪雨的陰天。

這天，輝夜姬果然來C高中拜訪了。

與之前不同，在我們社團活動剛剛開始時，輝夜姬就利用「轉轉橋梁君」直接出現在教室的正中間。

「……妾身冒昧來訪。」

輝夜姬的行為模式、言行舉止，一切都無法令人討厭，即使明知道輝夜姬可能會在最終一戰裡成為強敵，但這並不妨礙大家對這個人產生好感。

「哦，輝夜姬，妳來了嗎？坐吧。」

桓紫音老師點點頭，等輝夜姬落坐之後，從講臺下面拖出了一臺機器。

「登登登登，這是『轉轉忍者君』!!聽好了，忍者屬性也是輕小說中常見的萌點之一———！這部機器可以讓使用者們體驗成為忍者的感覺，今天吾等的任務就是進入『轉轉忍者君』裡面，親身體驗並學習怎麼進行忍者屬性的描寫。」

在大略說明「轉轉忍者君」的運作模式後，沁芷柔、雛雪、風鈴等早已習慣這種教學模式的少女，紛紛提出自己的意見。

「就設定成一群忍者去攻打隔壁忍者村吧！哼哼，本小姐的體術可是很厲害的喔！」沁芷柔如是說。

「那、那個！如果是醫療忍者的學習過程怎麼樣呢？」風鈴也提出自己的想法。

「哈啊？狐媚女，醫療忍者什麼的簡直無聊死了，不要啦。」

「可、可是……隨便侵占隔壁的忍者村，那樣不是太過分了嗎……？」

「理由什麼的隨便啦，掰一個忍法帖被隔壁忍者村的大魔王忍者給搶走之類的理由就好了啊！」

「……？」輝夜姬坐在我旁邊，似乎有點困惑。

以長長的和服袖子蓋住嘴巴，輝夜姬悄悄傾斜身子向我詢問。

「柳天雲大人，請問今天是怪人社放假的日子嗎？大家興高采烈地正在討論怎麼玩耍呢。」

我感到一陣無言，「呃，這是寫作修煉。」

「……什麼？但妾身怎麼看都像玩耍呢。」

「絕對是妳的錯覺，這百分之百是寫作修煉。」

「……！」

輝夜姬點點頭，露出「原來如此」的表情。

……好想吐槽。

可是，總覺得吐槽的話就輸了。以前那個認真進行社團活動的自己——絕對、絕對會氣到從過去穿越時空來打我一拳。

於是我們進入了「轉轉忍者君」中。

故事是桓紫音老師設定的，大略是在說遠古的戰亂時代，因為天外降落的隕石導致神祕瘴氣產生，世界上開始誕生出大量的妖與鬼，為了保護自己的忍者村，主角們的村落決定派出忍者小隊去摧毀隕石，杜絕妖與鬼的來源。

一臉標準NPC模樣，留著長長白鬍子的村長鄭重地把任務託付給我們，分給大家標準忍者套裝與武器。

大家迅速換上了忍者套裝，在村子外的大樹旁集合。

桓紫音老師是帶隊的上忍，大衣內側掛滿苦無與飛鏢，還有許多奇妙的忍術道具，看起來就很厲害的樣子。

輝夜姬是感知類型的中忍，她幾乎沒有作戰能力，但可以提前察覺妖與鬼的接近。

沁芷柔是近戰類型的中忍，武器是忍者刀，以及可以裝備在手臂上、用來格擋攻擊的臂棍。

風鈴是醫療類型的中忍，只有她有類似治癒術的能力，只要捏碎草葉，就可以施展出替同伴療傷的忍術。

而雛雪……我看不出來她是什麼類型的忍者，就連穿著也跟別人不一樣——與其他人講究輕便與防禦的設計不同，雛雪的忍者套裝呈現黑色網狀，格子的間隙也很大，可以隱約看見底下的肌膚。

身為隊長的桓紫音老師第一個發問：「闇黑繪手，汝是什麼類型的忍者？」

「是——這——樣——子——的——!!雛雪是~~專精房中術的忍者哦，嘻嘻。」

「開除。」

「欸？」

「吾說開除汝了，汝就待在這裡乖乖等待吾等完成任務。忍者之間的弱肉強食，也是這個世界必須體驗的法則之一。」

「怎、怎麼這樣子~~嗚嗚，好過分哦，學長學長，幫雛雪說說話吧，雛雪也好想一起去喔！」搖晃著我的手臂，雛雪露出可憐兮兮的表情，「學長幫幫雛雪吧，雛雪好想去，老師的心胸~~好狹窄哦……嗚呃……!!」

遊戲中雛雪的生命值歸零了，呈現大字狀趴倒在地上。

幹掉她的凶器，是一把不知道從哪裡飛來的苦無。

桓紫音老師則露出哀痛的表情。

「哎呀！真是令人心痛！沒想到妖鬼來襲的速度這麼快，剛開始就損失了一個部下，真是令吾痛心疾首啊!!」

……就設定上來說，缺乏理智的妖鬼好像不會扔苦無，只會像野獸那樣以爪子跟牙齒攻擊。

而且隊伍裡唯一有裝備苦無的人，只有一個。

算了，當作不知道比較好。

於是我們立刻出發，前往神祕隕石的所在地。

值得一提的是，我是隊伍裡除了桓紫音老師之外的第二名上忍，全身上下也掛滿了武器，看起來非常威風。

……哼。

之前在虛擬遊戲裡，我不是擔任平民就是莫名其妙的怪角色，但幸運之神是公平的，終於也輪到我得到強力角色了。

換句話說，現在就是表現的大好機會!!

「……」

「我說柳天雲，你真的是上忍嗎？」

「妳、妳這句話是什麼意思！」

在大量妖鬼開始出現後，沁芷柔展現了誇張的戰力，到處衝到處殺，手中的忍者刀只要劃過就會倒下一片妖鬼，我卻要花好久的時間才能解決一隻。

也因為這樣，沁芷柔開始對我炫耀她的戰績。

但是如果先撇除各自的殺敵數，輝夜姬的反應也相當大。

「這就是奔跑的感覺嗎……」

「啊、跳起來再落地時，腳底板是會有震動的……」

現實生活中病弱的輝夜姬，在虛擬世界裡得到了健康的身體，終於能得償所願，在大地上自由地奔跑。

……原來如此。

或許桓紫音老師就是想到了這一點，今天才會選擇用「轉轉忍者君」進行教學。

再看另一邊，風鈴膽怯地拉著沁芷柔腰間用來固定忍者刀的束繫帶，像影子一樣黏在她的身後。

「……」沁芷柔不耐煩地回頭瞥去，「我說，狐媚女。」

「什、什麼!?」

對於可能會出現的鬼怪，風鈴顯然非常害怕，光是被沁芷柔喊了一聲，就像炸毛的貓咪一樣弓起了背。

連自己人說話都會被嚇到……這到底該怎麼斬鬼啊……我對前景有點擔憂。

沁芷柔雙手扠在腰上，用相當輕鬆的態度開口：「如果妖怪出現了，就抽出腰中的武器，『咻啪』一聲地把牠劈成兩半就行了吧？為什麼要害怕呢？」

「那個……那個……風鈴……」

「總而言之，妖怪並不是那麼可怕的東……」

在沁芷柔說話的同時，一團鬼火飄了過去。

「——$%$*（%$（%Y**%!?」

發出沒辦法辨識的驚嚇聲，沁芷柔跳了起來，與後面的風鈴抱成一團。

……這傢伙其實也會畏懼可怕的東西。大概是為了在大家面前逞強，才會裝出無所謂的樣子吧。

故事的最後，經過長途跋涉，我們終於成功摧毀了隕石，阻止妖與鬼的誕生。

離開「轉轉忍者君」之後，哇哇大叫向桓紫音老師抗議的雛雪吸引了大家的注意力。

我卻發現輝夜姬的臉上，擁有比平常更多的笑容。

她輕輕對我說：「柳天雲大人，妾身玩耍得十分盡興……不，是修煉得十分盡興。寓教於樂，將辛苦的修煉融於歡樂中，桓紫音老師果然是一位名師。」

我忍不住苦笑。擁有這樣子的老師……感想真的相當微妙。

可是，對於輝夜姬來說，我們所擁有的日常，或許已經是她從未見識的嶄新天地。

所以她感到快樂。

即使背負重擔，也能將這裡視為中繼站，稍稍喘口氣，恢復活力後重新出發。

「……太好了呢。」輝夜姬望著正在吵鬧中的怪人社眾人，小小聲地說。

我們沒聽清楚她的話，於是問了一句：「妳說什麼？」

輝夜姬向我轉過頭來，這一刻的她，身後的彩帶雀躍地左右搖動，並露出我見過最燦爛的笑容。

「妾身是說……能與C高中締結盟約，真的是太好了呢。」

我點點頭。

看著趴在桌上，笑得瞇起了眼睛的輝夜姬，我本來應該向這名少女……或者說美少女，報以相應的笑容。

然而。

然而……不知從何冒出的悲傷，卻將我的笑容在湧起前……盡數埋葬。

過了幾天。

由於怪人社常常用奇怪的晶星人機器進行活動，用完了就隨手堆在角落，一直都沒有去整理。

在怪人社解散後，被桓紫音老師指派整理教室的我，婉拒了輝夜姬與風鈴的幫忙請求，獨自整理整間教室。

先是搬走了「轉轉忍者君」，接著是「轉轉畢卡索君」，還有「轉轉合宿君」，以及「連宇宙猴也能辨好祭典機」。道具實在太多，有些東西的名字連我都有點忘了。

但是，在搬運某臺我不知道名字的機器時，大概是不小心觸碰到了開關，這臺機器的螢幕「嗶咻」一聲地自己開啟了。

這機器看起來像一臺普通的液晶電視，只是上面還有許多奇怪的按鈕。

隨著螢幕畫面逐漸清晰，上面出現了人影。

「……」

螢幕上，出現了一名擁有銀色長髮的少女。

她柔滑的銀色長髮直垂腰際，並有著不含一絲雜質、純淨的天藍色雙眸。

在看見影像中的少女的瞬間，我的腦海忽然一陣劇烈刺痛，就好像某種處於最深層的事物，即將要被翻攪到表層一樣。

「主人您好，我是晶星人人工智慧九千九百九十九號，為七六四二三四博士所製造，被命名的統稱……」

影像中的銀髮少女開口說話。

她的容顏……她的話語……讓我全身上下都不禁發抖，幾乎要流下淚來。那是來自靈魂深處的震顫，即使我完全不明白原因，依舊無法停下顫抖。

「代號為……櫻。」

在座寫輕小說的各位，全都有病

番外篇

落櫻

少女無法理解。

她從很久以前，就漸漸感到無法理解自身。

「呼姆，我也真是奇怪呢，照理來說，詐欺師應該要騙死人不償命，奪取他人的利益壯大自身才對的說？哼哼……這麼善良的詐欺師，也就只有人家了吧。」

即使想自我寬解，依然無法掩藏內心的悲傷。

拚盡一切努力，哪怕連性命都捨棄，也只能眼睜睜看著「晨曦」這個身分被取代……並將心上人的手掌，親自交到別人的手中。

但是，少女明白——自己的存在徹底消散後，世界將會被改寫，成為自己從來不曾存在的世界。

在那個世界……怪人社的大家將會是幸福的、快樂的。

在那個世界……風鈴將會成為新的晨曦，不再是有罪惡感、歉疚感地成為晨曦，而是將「風鈴就是晨曦」的訊息直接植入整個世界的核心處，讓曾經的虛假成為真實。

桓紫音老師……沁芷柔……雛雪……她們也將遺忘一切，昔日的友人會獲得短暫的平安，等到柳天雲成長起來，C高中將擁有真正的保障。

……這樣子的話，一切就沒問題了吧？

將一切都計算在內，卻忽略了自己的悲慘下場，遭到所有人遺忘的宿命——是少女在經歷無數的苦……無數的痛……與無盡的傷悲之後，換來的不等價報酬。

然後……自己會被所有人遺忘。

「柳天雲。」

「柳天雲……」

「柳天雲——」

少女的呼喊，沒有人能夠聽見。

漸漸地，連她自己都無法聽見自己的喊聲，沉淪進比地獄還要黑暗的陰影中，再也無法恢復原狀。

「妳說的那個『愛寵衝衝衝』節目，我也有看喔。」

「欸？真的嗎？」

「真的。」

「風鈴很喜歡裡面三號來賓帶來的柴犬哦，牠總是在懶洋洋地睡覺，好可愛！」

「原來如此，我倒是比較喜歡七號來賓帶來的哈士奇。」

「為什麼前輩喜歡哈士奇呢？」

「啊啊……我剛開始也不知道，就是直覺式的喜歡吧……不過，如果硬要找個理由的話，哈士奇長得跟狼很相似，或許那份孤傲，就是我喜歡上哈士奇的原因。」

「……啊，風鈴想起來了！前輩提到的那隻哈士奇，有一次在新來賓帶來的大狗要欺負柴犬時，保護了牠呢，好勇敢、好厲害！」

影，就該有影的模樣。

即使不小心露出尾巴，被柳天雲所察覺，也該立刻縮回黑暗之中，將自己的蹤跡徹底埋藏。

即使事後會在無人知曉的地方號啕大哭，也無所謂。

——因為，沒有人看見的淚水，不再是淚水。

——因為，沒有人瞭解的悲傷，也不是悲傷。

僅止於無垠的內心世界，將所有的情緒不斷壓縮、壓縮、壓縮……最後化為前進的動力，將包含生命在內的一切都奉獻出來，轉換為推進新世界的燃料，這就是影的宿命。

「柳天雲。」

「柳天雲……」

「柳天雲——」

少女的呼喊，依舊沒有人能夠聽見。

但是，或許在連她自己都不清楚的心靈最深處，她是渴望被拯救的。

即使只有一瞬間也好，只要能夠看見救贖的光芒亮起，那她的一切付出，就有了價值與回報。

於是在前往A高中的宇宙船上，少女幾乎是無意識地說了一些……連自己都感到迷惘的話語。

「你還記得嗎？第一次出戰其他高中時，你寫的輕小說……《流星爆擊與九翼聖龍》。那部輕小說裡，主角無名本來是一個被放逐的可憐少年，他其實是天才中的天才，只是被村民所捨棄、欺騙、背叛，因無知而弱小，因孤獨而遍體鱗傷，在付出了許多許多之後，他成為了強大的魔法師，再也沒有人可以欺負他了。

「即使孤單了、寂寞了，但是已經變得很厲害的無名，再也不會像當年那樣……輕易死去了，他一個人也能過得很好。九翼聖龍如果知道了這一點，我想牠不會後悔；如果再讓牠選擇一次，牠依舊會選擇拯救無名。」

故事的最後，是九翼聖龍為了無名而犧牲。親手將九翼聖龍推向死亡深淵……不知情的無名，孤單地、寂寞地等待著永遠不會回來的九翼聖龍。

不知情的柳天雲，沒有察覺少女最後的呼救。

與《流星爆擊與九翼聖龍》的主角無名相同，不知情的柳天雲……亦親手把少女推進了死亡深淵中。

「……好懷念，果然還是捨不得過去呢。那麼，在最後的最後，我們來玩一個小遊戲吧。」

幻櫻明明在微笑，眼角卻帶上了淚水。

「題目是——『幻櫻很喜歡柳天雲哦』，猜猜答案是正確還是不正確——？」

帶著招牌性的戲謔笑容，幻櫻不斷落下淚水。

「啊、你沒有辦法說出答案吧。這樣的話，又是我贏了哦！我算一下……加上這次的話，是人家第三百六十一次獲勝了。」

這時白色光點已經布滿整片天空，眼看幻櫻就要徹底消失……

「哼哼……真拿你沒辦法，那就再優待一次，直接告訴你答案吧。」

「正確答案是……」

最後的答案，用盡了時間的少女，已經無法說出口。

就連一直在心中呼喊的聲音——那個只有自己能夠聽見的心聲，也不斷變得微弱。

然而，少女即使是天才詐欺師，也無法真正預知未來。

因為缺乏了影的光，那影已消逝的未來，已經不再完整。

如果……那本該已經消失殆盡的世界軌跡，被捕捉了存在與真相時——

——發現這一點的少年，將會發狂。

或許……只能說或許。

或許，發狂的少年將會化身修羅，成為寫作之鬼，不惜一切代價去補救昔日的遺憾。

之後的一切，逐漸化為光點消失的少女，都不再知曉。

長久以來疲累至今的她，終於可以獲得真正的長眠。

然而。

然而……直到最後，連話都無法說出的最後一刻，她心中的呼喊，從來不曾停止。

那呼喊聲依舊，卻不斷變得微弱。

「柳天雲。」

「柳天……」

「柳——」

花開花落，緣起緣滅。

落櫻的這一刻，對於少女來說，成為了永恆。

既虛假……也真實的永恆。

落櫻　完

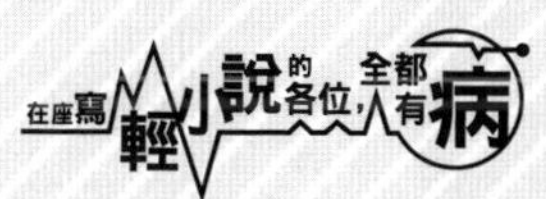
在座寫輕小說的各位，全都有病

後記

大家好，我是甜咖啡。

坦白說這一集十分難寫，要充分表達構思並不容易，如果不想被龐大劇情化成的怪獸……反過來駕馭的話，咖啡就得更努力才行。

《在座有病》系列，加上第零集的話，目前總共有七集，相信看到現在，大多數讀者都已經可以看出整體的劇情脈絡了。

另外，我非常喜歡主角有在逐漸成長的感覺，所以柳天雲從第一集到現在，隨著劇情展開，也在不斷變得成熟。

剛加入怪人社的柳天雲，依舊想要靠自己對抗整個世界；但是，在進入劇情中段後，柳天雲逐漸信任怪人社的成員，對他來說，已經擁有可以背靠背的夥伴——可是這種轉變，連柳天雲本人也只是隱約察覺。

所以在劇情中，柳天雲會感到迷惘，覺得自己的獨行俠之道不再純粹。

當然，現在的柳天雲，無疑比當年孤獨的他幸福多了。

但是……幸福是一回事，究竟是維持獨行俠之道的柳天雲比較強，還是擁有背靠背夥伴的柳天雲比較強，那又是另一回事了。

希望大家會喜歡這一集，後面的劇情將會更加精彩。

大家的購買與支持，是撐起咖啡能將《在座有病》系列往後推展的主因，如果可以的話，請今後也繼續支持我，謝謝。

後記的最後，必須對編輯陳兄致上一千兩百萬分的謝意，在我遇到瓶頸時，他幫助了咖啡很多次，咖啡一直都很感激他。

還有畫工超群的手刀葉，認真又負責地提供一張張精美的插畫，能與這樣的夥伴合作，咖啡真的非常幸運。

其他尖端出版的員工們也替這本書付出了許多心血，《在座有病》是大家齊心協力才能產生的結晶，謝謝你們。

另外，這是咖啡的 FB：https://goo.gl/GN4l6d，與粉絲團：https://goo.gl/WS-gEsg 喜歡本作的朋友也可以加我好友，或者到粉絲團追蹤我。

那麼，我們下一集再見。

甜咖啡

櫻的家中庭院有一棵櫻花樹，名為「樹先生」。
<(￣︶￣)/

國家圖書館出版品預行編目資料

在座寫輕小說的各位，全都有病6 / 甜咖啡 作.
--初版. --臺北市：尖端出版, 2017.4
冊 ; 公分
ISBN 978-957-10-7314-9(平裝)

857.7　　　　106002403

浮文字

在座寫輕小說的各位，全都有病6

著　者／甜咖啡
榮譽發行人／黃鎮隆
協　理／洪琇菁
執行編輯／曾鈺淳
企劃宣傳／楊玉如、洪國瑋
封面插畫／手刀葉
總經理／陳君平
國際版權／黃令歡、梁名儀
美術編輯／方品舒
內文排版／謝青秀

出版／城邦文化事業股份有限公司 尖端出版
台北市中山區民生東路二段一四一號十樓
電話：(〇二)二五〇〇七六〇〇
傳真：(〇二)二五〇〇二六八三
E-mail：7novels@mail2.spp.com.tw

發行／英屬蓋曼群島商家庭傳媒股份有限公司城邦分公司 尖端出版
台北市中山區民生東路二段一四一號十樓
電話：（〇二）二五〇〇—七六〇〇（代表號）
傳真：（〇二）二五〇〇—一九七九

中彰投以北經銷／楨彥有限公司
（含宜花東）　電話：（〇二）八九一九—三三六九
傳真：（〇二）八九一四—五五二四

雲嘉經銷／智豐圖書股份有限公司　嘉義公司
電話：（〇五）二三三—三八五二
傳真：（〇五）二三三—三八六三

南部經銷／智豐圖書股份有限公司　高雄公司
電話：（〇七）三七三—〇〇七九
傳真：（〇七）三七三—〇〇八七

一代匯集／香港九龍旺角塘尾道六十四號龍駒企業大廈十樓B&D室
電話：（八五二）二七八三—八一〇二
傳真：（八五二）二七八二—一五二九

馬新經銷／城邦（馬新）出版集團Cite (M) Sdn. Bhd.
E-mail：cite@cite.com.my

法律顧問／王子文律師　元禾法律事務所
台北市羅斯福路三段三十七號十五樓

二〇一七年四月一版一刷
二〇二一年十二月一版六刷

■中文版■

郵購注意事項：
1.填妥劃撥單資料：帳號：50003021戶名：英屬蓋曼群島商家庭傳媒(股)公司城邦分公司。2.通信欄內註明訂購書名與冊數。3.劃撥金額低於500元，請加附掛號郵資50元。如劃撥日起 10～14日，仍未收到書時，請洽劃撥組。劃撥專線TEL：(03)312-4212 ・ FAX：(03)322-4621。E-mail：marketing@spp.com.tw